講談社文庫

錠前破り、銀太　首魁《しゅかい》

田牧大和

講談社

錠前破り、銀太

首《しゅ》魁《かい》

目次

事の始め 7
一章 心中 10
二章 義賊 36
三章 与力 49
四章 消えた女形 71
五章 闕所《けっしょ》 113
断章 秀次、活躍す 129
六章 兄 137
七章 決着 181
結び 240

錠前破り、銀太

首《しゅ》魁《かい》

事の始め

風のない、蒸し暑い夜。

二人の男が、密やかな遣り取りを交わしていた。

不忍池畔《しのばずのいけほとり》、茅町《かやちょう》の出逢い茶屋の一室だ。

ひとりは、生白《なまじろ》い、と言えばいいだろうか。器量よしの女の「色白」とは異なる、健《すこ》やかさが全く感じられない肌の色をした侍だ。歳の頃は三十少し手前だろうか。夏の最中《さなか》、袷《あわせ》の小《こ》袖《そで》の衿《えり》をきつめに合わせ、羽織を羽織って、更に首に布を巻いている。切れ長の目の左端の泣き黒子《ぼくろ》が、白い肌に際立って見えた。

今ひとりは、月代《さかやき》を野郎帽子で隠した、二十代半ばほどの男だ。線が細く気弱な風情、心持ち伏せた瞼《まぶた》の先で、長い睫毛《まつげ》が小さく震えている。ちょっとした仕草も、なよやかだ。

男同士の恋仲なのかと思いきや、二人の間に色めいた気配は全くない。辺りに漂う重苦しさに息が詰まったか、侍の話を聞いていた野郎帽子の男が、そっと息を吐いた。

部屋の隅の行燈《あんどん》の灯りが、湿気でじんわりと滲《にじ》んでいるように見える。遣り取り、というよりは、もっぱら侍が語り、野郎帽子の男が小さく相槌《あいづち》をうつ、という調子で話が進んでいた。

自分の話に夢中だった侍が、ふと男を見た。

「まさか、怖気《おじけ》づいたのではあるまいな」

陰鬱な声で問われ、男は少し笑って首を横へ振った。

「そんなことは、ござんせん」

侍は、男の優し気な顔を覗《のぞ》き込んだ。硬い笑みを浮かべた男を、侍が淡々と責める。

「せめて一生に一度、相対死《あいたいじに》の役を演じてみたい。そう申しておったではないか。どうせ芝居では、そんな大きな役は貰えない。ならば命を懸けて相対死で果てるのも一興、一世一代の晴れ舞台にしたい、と」

男の切れ長の瞳が、迷うように揺れる。

ふっと、侍が男を突き放すように、視線を逸らした。

「儂《わし》は、構わぬ。相手は誰でもよいのだ。本物の女ではない、女に扮した役者と死ぬのも面白いと思ったまで。生きていても詮無《せんな》いどころか、生きていること自体で、身内の荷物にしかならぬ身だ。それくらいの死に方が丁度よかろう、と。止《や》めるなら今だぞ。儂は他を探す」

「お、お待ちを。若様」

若様、と呼ばれ、侍が眦《まなじり》を吊り上げた。

あ、と狼狽《うろた》えたように、男が赤みの強い唇に、指先を当てる。

立ち上がりかけた侍の手に、男が縋《すが》った。

「ご一緒します。ご一緒いたしますとも。三途《さんず》の川のあちら側まで」

芝居の台詞《せりふ》めいた言葉に、侍は小さく頷《うなず》き、浮かせた腰を再び下ろした。どこかほっとした風で、相対死の算段を語り出す。

野郎帽子の男は、哀し気な目をして、侍の話に耳を傾けた。

一章――心中

「お父っつあん、おっ母さん。うどん、おいしいね」

五歳《いつつ》ほどだろうか、稚《いとけな》い娘が、傍らの二親《ふたおや》を見比べながら、嬉《うれ》しそうに話しかけている。

息を詰めて、親子連れの客を見守っていた『恵比寿蕎麦《えびすそば》』の常連客三人は、大きく息を吐いた。

大工が、明るい声を上げる。

「な、おじちゃんの言うとおり、うどんにしといて、よかったろう」

左官職人が大工に乗っかる。

「そうそう。ここの蕎麦はいけねぇ。いや、いけねぇ訳じゃあねぇが、秀坊《ひでぼう》ってぇ主《あるじ》の弟が留守をしてる時は、うどんにしとけ」

泣く子も黙る芝居小屋、本櫓《ほんやぐら》の森田座《もりたざ》を抱える木挽町《こびきちょう》から、木挽橋を西へ渡った先、三十間堀《さんじっけんぼり》に、『恵比寿蕎麦』はある。

賑《にぎ》やかな町の表店《おもてだな》で、役者を始めとした芝居町の住人に、芝居見物の客、客には苦労しない立地だ。

主の銀太《ぎんた》は三十手前の男前、料理の腕も一品。弟の秀次《ひでじ》は、客あしらいが巧く、野菜や魚の目利きが達者。酒の肴《さかな》や菜《さい》が大層旨いと評判だ。

入口の恵比寿様柄の藍染暖簾《あいぞめののれん》に、「手打ちそば」「志《し》っぽく」「肴」と記された台行燈。店の中は、左に小上がりがひとつ、土間には客のための樽が並べられていて、その奥が格子で仕切られた勝手だ。どこもかしこもさっぱりと小洒落《こじゃれ》ていて、掃除や手入れも抜かりはない。

明るい店に漂う出汁《だし》や食い物の匂いは、大層旨そうだ。

それなのに店にはいつも、閑古鳥《かんこどり》が鳴いている。

その『恵比寿蕎麦』に、見たことのない客がやってきた。幸せを絵に描いたような親子連れだ。久しぶりに訪れてくれた、「お初の客」だ。

父親は、大店《おおだな》の若き主といったところ。母親は落ち着いた品のいい小袖を着こなしている。娘の黒髪で揺れる小さな花簪《はなかんざし》が目を引く。

派手ではないが、ゆとりのある暮らしをしていることが見て取れた。

客の少ない店の中をちらりと見まわしてから、銀太に向かって父親が微笑《ほほえ》んだ。

「小腹が空きましてね。外まで、こちらの出汁と蕎麦汁のいい匂いがしていましたから。蕎麦を頂いても構わないでしょうか」

勿論《もちろん》、と答えようとした銀太を遮《さえぎ》って、常連客が親子連れを歓待した。

一日に二度、三度、足を運んでくれる酔狂な三人組——大工の重吉《しげきち》、左官職人の九次《きゅうじ》、竹蜻蛉《たけとんぼ》売りの玄助《げんすけ》である。

三人は、親子連れに、店にひとつだけしつらえてある小上がりを勧め、口々に言い募った。

悪いことは言わない。今日は蕎麦はやめておけ。うどんはまああ。ここの自慢は菜だ。何を頼んでも旨い。

挙句の果てに、小さな娘に向かってこんなことをのたまった。

嬢ちゃん、旨いもんが食いてぇだろう。だったら、おじちゃんたちの言うことを、聞くに限るぜ。

銀太は、顰《しか》め面《つら》をつくりながら、黙って客達の遣り取りを聞いていた。

幸い、親子連れは、少しばかりお節介が過ぎる常連客を鬱陶《うっとう》しいとも思わず、楽し気に話を聞いてくれている。

穏やかな父親に、明るく良く笑う母親。可愛らしい娘。母親は、可笑《おか》しな常連客の、『恵比寿蕎麦』に関する遠慮会釈ない言い様《ざま》に笑いすぎて、目尻に涙を浮かべていた。

そうして、親子連れは「冷やししっぽくうどん」を二人前、頼んだ。

夏の盛り、『恵比寿蕎麦』では「冷やししっぽく」を出している。しっぽくうどんを冷たくして出すのではなく、見た目にも涼し気に仕上げるのが、銀太の拘《こだわ》りだ。

少し硬めに茹《ゆ》でて――うどんの茹で加減は、変幻自在だ――冷やしたうどんに冷たい汁を掛け、その上にたっぷりと具を載せる。

「冷やししっぽく」の具は、まず焼いたちくわとゴマ油で炒《いた》めた茄子《なす》。これは温かいしっぽくと同じものを形だけ細長く変える。卵は錦糸《きんし》にせず、莢《さや》から出した枝豆を入れた卵とじにする。卵を泡が立つまで念入りに、力を入れて溶き、塩で味をつけて、泡を消さないように火を通すと、ふんわりとした軽い舌触りになる。これを天辺《てっぺん》にぽん、と乗せ、山葵《わさび》と海苔《のり》は別皿で添える。

二人前の「冷やししっぽく」に、娘のために、薄紅色の小さなどんぶりを添えて出してやると、娘の顔が輝いた。

かくして、まずは小さな娘が、母親が薄紅色のどんぶりに取り分けたうどんへ口をつけるのを、常連客と銀太は、固唾《かたず》を呑んで見守っていた、という訳である。

おいしい、と言われ、銀太の肩からふっと力が抜けた。

常連客につられて、自分まで息を止めていたことに気づき、銀太は苦笑いを浮かべた。

娘に続いて、二親もうどんに箸《はし》をつける。

まず、目が丸くなり、次いで嬉しそうに目尻が下がる。

旨い、という言葉を聞かなくても、その顔を目にしただけでつくった甲斐《かい》があるというものだ。

内儀《ないぎ》が、ふと箸を止めて、銀太を見た。

「汁もうどんも、豪勢な具も、何もかもこんなにおいしいのに、なぜ蕎麦はいけないんです」

亭主が、内儀を静かに窘《たしな》めた。

「失礼だよ」

銀太はにっこり笑って、内儀に答えた。

「死んだ女房が、こしがなくなった、柔《や》らけぇ蕎麦が好きってぇ変わり者《もん》だったんでさ。だからつい、茹で過ぎちまう。女房の顔がちらついて」

常連客達は、驚いたように顔を見合わせた。

形ばかりこそこそと、その実銀太にしっかり聞こえるように囁《ささや》き合う。

「銀さんが、自分からおかるさんの話をするなんざ、珍しい」

「こいつは、土砂降りの前触れだぜ」

「銀さんの涙雨かい。おかるさんが恋しいぃぃ、ってよ」

銀太は、冷ややかに言い返した。

「聞こえてやすぜ」

常連三人組は、げらげらと笑ってから、大工が子連れ客の内儀に声を掛けた。

「中にゃあ、茹で過ぎの蕎麦がいいってぇ、大層美人だが変わった常連やら、『まずい』ってぇ大騒ぎするのが楽しくて、わざわざ通ってくる森田座の役者達もいるけどよ。まあ、銀さんひとりの時ゃあ、蕎麦はやめといた方がいいぜ。秀坊がいりゃあ、いい塩梅《あんばい》に茹でてくれるから、そいつが狙い目だ。香りも、蕎麦汁も、なかなかのもんだからよぉ」

そこへ、左官職人が続く。

「銀さんが茹でた蕎麦を食った気の毒な客は、大抵、二度と来なくなるわな」

「おいら達は、もっぱらうどんと菜を食いながら、いっつもふらふらしてる秀坊の帰りを待ちわびてるってぇ訳だ」

銀太は、常連客に軽い悪態を吐いた。気心が知れているゆえの軽口だ。

「皆さんの長居は、秀の奴を待ってるだけじゃあ、ねぇでしょう」

三人組は、揃って胸を張った。

「俺達が長居しねぇと、店ぇ閉めてんのか開けてんのか、分かんねぇじゃねぇかよ」

そこを突かれると、銀太も辛《つら》い。

奇特な常連客のお蔭で、銀太と秀次、兄弟二人どうにか食っていけるだけの実入りが稼げているのだ。三人組はとりわけ、一日に二度、三度、と足を運んでくれる。

銀太は、三人へ丁寧に頭を下げた。

「いつもご贔屓《ひいき》下さり、ありがとう存じやす。せめてもの礼に、あっしが蕎麦を茹でやしょう」

常連客が、面白いように慌《あわ》てた。

「お、おい、勘弁してくれよ銀さん」

「いってぇ、何の罰だい」

母親が、ころころと楽しそうに笑った。

娘が、きょとんとして母親の顔を覗き込む。

「おっかさん、楽しいの」

母親は、笑いすぎてとうとう目からこぼれ落ち始めた涙を、指で拭《ぬぐ》いながら娘に言った。

「うどんもおいしくて、御主人もお客さんも面白くて、いい蕎麦屋さんね」

それから、銀太と常連客を見比べて、続けた。

「ああ、おかしい。こんなに楽しいなら、それだけで御馳走ってもんですよ。ねぇ、お前さん。茹で過ぎの蕎麦だろうが何だろうが、ちょくちょく通わせていただきましょうよ」

亭主が、済まなそうに銀太へ向けて頭を下げた。

銀太は笑いながら会釈を返す。

おかるも、常連客と下らねぇ言い合いしちゃあ、笑い転げてたっけなあ。

内儀はおかるとあまり似ていなかったが、どうしてか、あの世の女房を銀太は思い出した。

「冷やししっぽく」を二人前、綺麗に平らげてくれた親子連れは、「また参ります」

と嬉しい言葉を残して、立ち上がった。

見送ろうとした銀太へ、亭主がふと振り返って、微笑んだ。

「お会いできて、よかった」

思いもよらない言葉に、銀太は首を傾《かし》げた。会えた、とはどういう意味だろう。

銀太の戸惑いを他所《よそ》に、亭主は続けた。

「うどん、美味《おい》しく頂きました」

そして丁寧に頭を下げ、外で待っている内儀と娘の許《もと》へ向かう。

銀太は、その後ろ姿を見つめながら、息を吐いた。

どこからどう見ても、穏やかで善良な親子だ。

何気ない礼の言葉だ、深読みすることもない。

そう思い定め店へ戻り、小上がりを片付ける。

銀太が失くしてしまった幸せをあの親子に見せて貰った。なんだか胸の隅に小さなぬくもりがまだ残っているような気がする。

そこへ、いつにも増して大騒ぎで秀次が戻ってきた。

「あ、あああ、兄《あん》ちゃんっ、一大事だっ」

血相を変えて飛び込んできた弟の秀次へ、やはり銀太より先に常連客が声を掛ける。

「おう、秀坊。珍しいじゃねぇか、そんなに慌てて」

「何かあったのかい」

途端に、秀次が、しまった、という顔をして、しどろもどろの言い訳を始める。

「いや、その、なんだ――」

重さん達に聞かせられねぇってことは、あまり、性質《たち》のいい「一大事」じゃねぇな。

銀太は考えながら、そっと勝手へ戻った。

大工の重吉が、にやにやと笑いながら秀次をからかった。

「さては、女に振られたな」

「そいつは、気の毒に」

と、竹蜻蛉売りが大工の軽口に乗る。

秀次は、ようやくほっとした顔になって、明るく言い返した。

「おいらは、女に袖にされたことなんざ、ねぇよ」

左官職人が、あーあ、と大仰《おおぎょう》に嘆いた。

「まったく、これだから。やだねぇ、色男ってのは」

秀次が「一大事」に話の向きが戻る前に、とばかりに、威勢よく常連達に声を掛けながら、勝手へ入ってきた。

「さて、おいらの蕎麦を手繰《たぐ》りてぇのは、どなただい」

銀太は、「打ったのは俺だ」と弟に言い返したが、秀次は知らぬ振りだ。

目を輝かせた常連三人が、我先にと、腰を浮かせて名乗りを上げる。

「おいらは、ぶっかけだ」

「おいらも」

「おいらは二杯頼むよ、秀坊」

「玄さん、さっきおろしうどん、食ったばかりでしょうに」

おろしうどんは、「冷やししっぽく」の具の代わりに、目の細かいおろし金でおろした大根に、刻んだ青じそと山葵を添え、蕎麦汁を掛けたものだ。

他の二人は、それぞれ菜を二品ずつ頼んだのみだったが、竹蜻蛉売りは「あちこち売り歩いて腹が減った」と、おろしうどんを綺麗に平らげたところなのだ。

ばつが悪そうに笑いながら、竹蜻蛉売りは、

「秀坊、いや、その、銀さんの打った蕎麦は、また不思議と入っちまうんだよなあ、いくらでも」

と言った。

「そりゃ、どうも」

互いに気の置けない仲の、銀太と常連客だ。敢《あ》えて横柄に礼を言うと、常連客三人は揃って大笑いをした。

左官職人が、目尻に涙を溜めながら言う。

「銀さん、駄目だって。そんないい声じゃあ、何を言っても皮肉にゃあ聞こえねぇ」

大工が、先刻の左官職人の言葉を真似て、続く。

「やだねぇ、弟が色男なら、兄《にい》ちゃんは、飛び切りいい声の男前と来た。だから客が寄り付かねぇのかな」

そこへすかさず、秀次が割って入った。

「蕎麦が柔らけぇからに、決まってら」

常連客は、顔を見合わせて、

「違《ちげ》ぇねぇ」

と頷き、また笑う。

銀太の「茹で過ぎの蕎麦」は、どうやら『恵比寿蕎麦』の名物になってしまったらしい。

銀太は、笑いを堪《こら》えながら考えた。

そういえば、少し前までは、どちらかというと「触らぬ神に祟《たた》りなし」なのか、気を遣ってくれていたのか、あまり笑い話やからかいの種にはされなかったような気がする。

いつからだろうか。さっきの親子連れもそうだったが、こんな風に、遠慮なく、楽しそうに常連客が「銀太の蕎麦」のことを口にするようになったのは。

それがきっかけで、常連客と随分親しくなれたような気がする。

首を傾げた時、ふと、涼やかな女の顔が脳裏に浮かんだ。

そうだ。

銀太は微笑んだ。

あの女《ひと》が、俺の蕎麦を嫌がらずに食べてくれるようになってからだ。

「ぼんやりしてる暇ぁねぇぞ、兄《あん》ちゃん」

秀次に耳元で声を掛けられ、銀太は我に返った。

蕎麦が茹で上がったらしい。

けれど、秀次の目、声の硬さが、「蕎麦の話ではない」と訴えていた。

さりげなく、「おお」と返事をして、ぶっかけ蕎麦を四人前仕上げながら、銀太は弟に訊ねた。

「何があった」

「『紅蜆《べにしじみ》』と蓑吉《みのきち》が、死んだ」


憎らしい程見事な食いっぷりで蕎麦を平らげ、それぞれの仕事に戻って行った常連客と入れ替わるように、編み笠を目深《まぶか》に被《かぶ》った着流し姿の侍が、『恵比寿蕎麦』を訪ねてきた。

笠を取る前に、秀次が難しい顔をして声をかける。

「おう、貫三郎《かんざぶろう》。お前《め》ぇの耳にも入ったか」

「そう言うってことは、秀ちゃんも、もう知ってるんだね。さすがの早耳だ」

侍の名は及川吉右衛門《おいかわきちえもん》。北町奉行所で吟味方与力助役《ぎんみがたよりきじょやく》を拝命している役人だ。父は御家人で与力を拝命していたが、貫三郎は茶屋の息子として銀太たちと共に育った。及川家の後継ぎに迎えられてからも、幼馴染《おさななじみ》の銀太と秀次は、当人の求めるまま、幼い頃と同じように「貫三郎」と、呼んでいる。

貫三郎も、五歳上の銀太は「兄《あん》ちゃん」で、同い年の秀次は「秀ちゃん」だ。

『恵比寿蕎麦』にしょっちゅう顔を出していて、町人の銀太と秀次に気安い物言いを許しているものだから、常連客達からは、長屋暮らしの浪人か貧乏御家人の冷や飯食いだと、思われているようだ。

貫三郎が『恵比寿蕎麦』へ足繁く通うのは、食い物目当て、幼馴染の顔見たさ、というだけではない。

奉行所の吟味で腑《ふ》に落ちないことがあると、秀次や銀太の知恵を借りに『恵比寿蕎麦』へやって来る。

とりわけ、秀次は顔が広く頭の巡りがいいから、貫三郎は頼りにしているのだ。

それが正直、銀太は気が気ではない。

秀次の頭の良さは、小賢《こざか》しさと紙一重で、いざとなると気が小さい。確かに貫三郎の助けになることもあるが、それと同じくらい、足を引っ張ってもいる。

貫三郎にしても、いつまでも役目のことで、幼馴染とはいえただの町人に助けを求めていいものだろうか、と心配になってしまう。

ただ、貫三郎が『恵比寿蕎麦』を訪ねてくれ、子供の頃のように気の置けない付き合いをしてくれることは、銀太も掛け値なく嬉しい。

そんなこんなで、自分の店へせっせと通う貫三郎の姿を見るたび、銀太は込み入った気持ちになる。

　だが、今日は様子が違う。

　秀次と訳知りな風で、言葉少なく遣り取りを交わす顔は、厳しく引き締まっている。

　いつもなら、子供の頃と同じ笑みをにこにこと浮かべ、下らない言い合いから始まるところだ。

　銀太は、二人に声を掛けた。

「暖簾、仕舞うか」

　貫三郎は秀次と目を見交わしてから、首を振った。

「話をするたびに店を閉めさせてしまっては、申し訳ないですから」

　秀次が茶化すように続く。

「重さん達が帰ったばっかりだから、どっちにしても客はこねぇよ」

　それから、ちょっと顔を引き締め、「姐《ねえ》さんが来てくれるんなら、むしろ一緒に話を聞いて貰いてぇくれぇさ」と付け加えた。

　秀次が、早速先に立って小上がりに落ち着き、貫三郎も続く。ちらりと、食い物の支度をするかと過《よぎ》ったが、銀太はすぐに思い直し、二人の許へ向かった。

先刻、秀次から短く伝えられたきりの話が、気になっていたのだ。

貫三郎がやってきた訳も、そのことだろう。

「『紅蜆』と蓑吉が死んだって、本当なのか」

「紅蜆」、蓑吉、そして『三日月会《みかづきかい》』と銀太たちとの因縁《いんねん》は、この梅雨時に始まった。

『三日月会』とは、客から依頼を受け、誰かを「潰す」ことを請け負う集まりだ。

「潰す」ものが命であったり、身代《しんだい》であったり、立場であったりと様々だが、銀太が出逢ったのは、誰かを陥《おとしい》れることを楽しんでいる金持ち連中であった。

その集まりを束ねていたのが、蓑吉という男だ。

『三日月会』に狙われた貫三郎と、貫三郎の実家の茶屋を助けたことで、銀太達は目をつけられた。

そこで「紅蜆」と呼ばれる女が、『三日月会』の手先として蓑吉と共に現れた。

二人が仕掛けた罠《わな》を、沢山の助けを借り、かろうじて掻《か》い潜《くぐ》った銀太だったが、「紅蜆」も蓑吉も逃がしてしまった。

二人があっさり手を引いたのは、再び何か仕掛けてくるつもりなのだろうと、銀太は危ぶんでいたのだ。

その二人が死んだとは、一体どういうことだ。

秀次が、ふん、と鼻を鳴らした。

「心中だってよ」

すかさず、貫三郎が「相対死だよ」と言い直す。

心中とは、互いに想い合っているのに添えない男と女が、来世を誓って共に命を絶つことを言う。本当に起きた心中騒動を元にした芝居や浄瑠璃《じょうるり》が人気を博し、ひと巡りして、本当に心中をし出す男女が増え、ひとつの流行《はや》りのようになるに至って、公儀《おかみ》が動いた。

心中を扱う芝居、浄瑠璃は勿論、「心中」という言葉自体使うことを禁じ、「相対死」と呼ばせた。「忠」の字に通じる言葉を不埒《ふらち》な自死に使うこと、まかりならぬ、という訳だ。そうして心中をした者達は、生死を問わず厳しい罰が科せられた。

それでも、心中がこの世から消えることは、なかったのだが。

秀次が口を尖《とが》らせた。

「細けぇことを、いちいちうるせぇなあ。町場じゃあ、誰も『相対死』なんてまどろっこしい言い方はしてねぇや」

役人の貫三郎が、得心《とくしん》がいかないという顔をしたので、銀太は慌てて二人の言い合いに割って入った。今は、「男と女の自死を何と呼ぶか」という話をしている時ではない。

「誰が、心中だって言ってるんだ」

貫三郎が、面を改めて銀太に答えた。

「今朝がた、墨田川の東の川岸、三囲《みめぐり》神社の近くで二人の骸《むくろ》が見つかりました。互いの手首をしっかりと紐で結んでいましたし、骸を検分した医者の見立ても『溺れ死んだ』とのことでしたので、糟屋《かすや》様が相対死に間違いない、と」

糟屋とは、北町の吟味方与力、貫三郎の上役だ。お調子者のぼんくら役人で、貫三郎が苦心して突き止めたことを、あっさり自分の手柄にしている図々しい男である。もっとも、貫三郎は「おかげで、のびのびと動けているから」と糟屋のぼんくらを、むしろありがたく思っているようではある。

け、と秀次が吐き捨てた。

「あのしたたかな奴らが、手前ぇ《てめ》で死んだりするかよ。しかも、心中なんて、そんな呑気《のんき》な真似するもんか」

貫三郎は、難しい顔で頷いた。

「心中が呑気かどうかは別にして、あの二人が自死を選ぶとは考えにくいと、俺も思う」

秀次が、すかさず貫三郎をからかった。

「なんだ、貫三郎だって『心中』って言うじゃねぇか」

貫三郎が、はっとした顔をした後、むきになって言い返した。

「そ、それは話の流れで。秀ちゃんが、心中、心中、言うから、つい――」

「あ、ほら、また言いやがった」

「う、煩《うるさ》いなっ」

銀太は、埒もない言い合いを始めた二人を、うんざりと止めた。

「二人とも、いい加減にしろ。貫三郎、今はここだけの遣り取りだ。硬いことを言うな。秀、お前はいちいち貫三郎をからかうな。話が進まない」

「ひと声囁けば女も落ちる」と評判の銀太の声で窘められ、秀次と貫三郎は揃って首を竦《すく》めた。

仲のいい二人が大人しくなったのを確かめ、銀太は話を元に戻した。

「先だっての『大村屋』さんの錠前破り騒動の折、蓑吉と『紅蜆』は俺達を罠にかけることを、楽しんでいたように見えた。だからこそ、少し分が悪くなっただけであっさり引いたんだろうし、きっとまた別の悪巧みを仕掛けて来るつもりだと、思っていたんだが」

『大村屋』は京橋の乾物屋で、銀太は、貫三郎を質にとられ、その外蔵の錠前破りをするよう、蓑吉と「紅蜆」に迫られたのだ。

「俺もです」

と貫三郎が応じれば、秀次も大きく頷く。

「しくじった見せしめで、始末された」

貫三郎の呟《つぶや》きに、秀次が首を傾げた。

「一度のしくじりだけで始末されるくれぇの小物だったとは、思えねぇんだけどな。随分好き勝手に動いてたじゃねぇか」

「うん。だとしたら――」

考え込むように途切れた貫三郎の呟きを、銀太が引き取った。

「仲間割れ」

秀次が、顔を上げた。にやりと、ふてぶてしい笑みを浮かべる。

「兄ちゃん、それだ」

貫三郎が、軽く身を乗り出した。

「そうなら『三日月会』を叩く、好機です」

秀次が、目を丸くした。

「いつになく、強気じゃねぇか。貫三郎」

貫三郎は、少し迷うように視線をさ迷わせてから、ぽつりと答えた。

「おっ母さんや爺ちゃん婆ちゃんを、二度とあんな目には遭わせたくないんだ」

貫三郎の母は、二親――貫三郎の祖父母と共に『あやめ茶屋』という小さな茶屋を営んでいる。その茶屋を『三日月会』は標的にして、自分達を探り当てようとしていた貫三郎に、手を引かせようと脅しをかけたのだ。

危うく、『あやめ茶屋』は偽の借財証文のかたに取り上げられてしまうところだった。

ぎゅっと、貫三郎が拳《こぶし》を握りしめ、繰り返す。

「千載一遇の好機だ。どんな手を使っても、叩き潰《つぶ》してやる」

眼が据わっている。

秀次が、戸惑ったように銀太を見た。

貫三郎《こいつ》、大丈夫かよ。

そんな顔だ。

「貫三郎」

銀太が声を掛けると、いよいよ、どっしりと据わってしまった目をそのままこちらへ向けた。

「あまり、急ぐな」

「ですが、兄ちゃん」

微《かす》かに、不服気な音を纏《まと》わせて言い返す。こんなことは珍しい。

銀太は、低く宥《なだ》めた。

「ともかく、もう少し様子を見よう」

何か言い返しかけた貫三郎を、銀太は軽く手を上げることで落ち着かせる。

「忘れたのか。奉行所にも『三日月会』の仲間がいる」

貫三郎は、はっと息を呑んだが、「分かっています」と落ち着いた声で応じた。

銀太は、少し迷ってから言った。

「『あやめ茶屋』が狙われたのは、お前が動いたのがきっかけだった」

「おい、兄ちゃん」

秀次が咎《とが》める口調で銀太を止めた。銀太は、分かっていると秀次に頷いてから、硬い顔をしている貫三郎に向き直った。

「お前が悪いって言ってるんじゃない。奴らはわずかでも隙《すき》を見せれば、こちらの弱みを見透かして突いてくる。お前の側に会の奴がいるのなら、今は隙を見せないことが肝心だ」

貫三郎は、軽く俯《うつむ》いて考え込んだ。

「けどよ、兄ちゃん」

異を唱えようとした秀次を抑えるように、銀太は話を変えた。

「二人の骸が上がったのが、三囲神社。気にならないか」

秀次は首を傾げたが、すぐにはっとした顔になって呟いた。

「小梅村の近くだ」

「秀ちゃん」

貫三郎が、何のことだ、という風に、秀次を呼んだ。

唸《うな》るように秀次が答える。

「お緋名《ひな》さんの住まいの近くだ」

貫三郎が確かめる。

「お緋名さんとは、与治郎《よじろう》さんの師匠の女錠前師だったよね」

与治郎は、忙《せわ》しなくて迂闊《うかつ》でやかましい、見習いの錠前師だ。その迂闊さから、「紅蜆」と蓑吉の罠に嵌《はま》って捕えられた。貫三郎とは、乾物屋『大村屋』の蔵に仲良く閉じ込められた仲である。

銀太は、告げた。

「偶々《たまたま》とは思えない」

「そう、だな」

秀次が、迷うように頷いた。貫三郎は難しい顔をして、黙りこくっている。

銀太は、辛抱強く貫三郎を説き伏せた。

「『紅蜆』と蓑吉の心中も、仲間割れを装った罠ってこともある。もしそうなら、奴らは俺達が勢い込んで動き出すのを待っている筈《はず》だ。だから、それを逆手に取ってやればいい」

「逆手」と、貫三郎が繰り返した。

「ああ。これが罠だとしたら、こちらが何も動かなければ、向こうが動く。奉行所の誰が仲間なのか、分かるかもしれない」

「もし、誰も動かなかったら」

貫三郎の問いに、銀太はにっと笑って答えた。

「その時は、本当に仲間割れしてるってことさ。こっちから動きゃあいい」

銀太は、力を込めて貫三郎を見据えた。

「奉行所の中で誰が怪しい動きをするか、お前の目で見極めてくれ。それにはお前が動いちゃ元も子もない」

貫三郎は、暫《しばら》く黙っていたが、やがて自分を落ち着けるように、深い息を三度、繰り返した。

それから、いつもの顔に戻って応じた。

「分かりました」

二章――義賊

「なあ、兄ちゃん」

汗だくで蕎麦を茹でながら、秀次が銀太に囁いた。

「昨日の貫三郎、小母《おば》さんやじいちゃんばあちゃんの話が出ても、顎《あご》に梅干し、つくってなかったな」

貫三郎の「顎に梅干し」とは、きゅっと引き結んだ唇の下、顎の真ん中にできる梅干しの種のような皺《しわ》のことだ。

子供の頃から泣き虫だった貫三郎の、涙を堪えている時の顔らしい。もっとも銀太は、秀次に教えられるまで、まったく気づかなかったのだが。

貫三郎にとって、未だに『あやめ茶屋』の母と祖父母は「弁慶の泣きどころ」で、会ったら泣いてしまいそうだから、と及川家に入ってから一度も、里帰りをしていない。

いきなり、どすん、と秀次に背中を肘《ひじ》で押され、刻もうとしていた茗荷《みょうが》を横真っ二つに切ってしまった。縦の千切りにするはずだったのに。

「お、まえっ、危ないじゃないかっ」

「兄ちゃんがそんな顔するから、いけないんだろ。まったく、だから貫三郎がいつまでたっても、小母さん達に逢えないんじゃねぇか。何度言わせるんだよ、馬鹿兄ちゃん」

泣き虫貫三郎は、ある日を境に泣かないと決めたのだそうだ。

だから『あやめ茶屋』に帰れないでいる。そのきっかけが、銀太の不用意な慰めだと秀次は言うのだ。

つまり貫三郎も、『あやめ茶屋』の小母さんやじいちゃんばあちゃんも、揃って寂しい思いをしているのは、銀太のせいという訳で。

自分のせいなら、自分がどうにかしなければと思うのだが、やはり秀次は、それがいけないのだと言う。

放って置いてやるのが一番。そのうち得心して、貫三郎は自分から里帰りするだろう。

銀太が余計な真似をするより、余程《よほど》話が早い、と。

「分かってる。ちょっと汗が目に入っただけだ」

むっつり秀次に言い返すと、弟は薄笑いを浮かべ言い返した。

「蕎麦茹でてんのはおいらなのに、なんで兄ちゃんが汗かくんだよ」

くだらない言い合いに、店で待っている常連三人組から催促の声が掛かった。

「おぉい、兄弟仲がいいのは、結構だけどよぉ。秀坊まで蕎麦茹で過ぎないでくれよ」

「分かってるって」

秀次が威勢よく応じ、茹でていた蕎麦を上げて水で締める。

ああ、まだ硬そうだ。

銀太はそう思ったが、勿論言わずにおいた。

出来上がった蕎麦をぶっかけ蕎麦に仕上げ、秀次に持っていかせる。

銀太が改めて茗荷にとりかかったところで、店先が沸いた。

「おう、お緋名姐さん、久しぶりじゃねぇか」

左官の九次が、弾んだ声を上げる。

涼やかな女の声が、「一昨日《おとつい》逢ったばかりだが」と応じた。

大工がすかさず、

「昨日は逢ってねぇ」

と楽し気に言い返し、竹蜻蛉売りは「銀さん、よかったねぇ、蕎麦茹でられるよ」と銀太をからかった。

緋名、と呼ばれた女へ、銀太は勝手の格子越しに、「姐さん、毎度。いらっしゃいやし」と声を掛けた。

緋名は、『恵比寿蕎麦』の大切な常連客のひとりで、銀太の茹でた蕎麦をちゃんと食べてくれる、ただひとりの客である。

森田座の大部屋女形《おやま》達も、銀太が茹でた蕎麦を食べるが、あれは「まずい、まずい」と騒いで楽しむためで、銀太の茹でた蕎麦を気に入ってくれている訳ではない。

緋名は、すっきりと目鼻立ちの整った、きりりとした美人だ。

年の頃は二十四、五。柔らかさや艶《つや》っぽさとは無縁の男姿をしている。

今日は、紺碧《こんぺき》——夏の空の色の小袖に、白藍《しらあい》の淡い水色の帯を男結びにしている。

小袖は鯔背《いなせ》に腰で端折《はしょ》り、すらりとした足には、帯と揃いの色の股引《ももひき》。

艶やかな髪は、櫛巻《くしま》きに纏め、波に千鳥を透かした細やかな細工の平打ち簪がひとつ。

そのいで立ちがかえって、緋名の持つ涼やかな艶を際立たせていた。

緋名の男姿、男言葉の理由《わけ》は、緋名が職人だからだ。

華やかな道具箱を持った女錠前師が手掛けるからくり錠前『緋錠前《ひじようまえ》』は、知る人ぞ知る代物だ。

「錠前に『緋』の銘《めい》を目にしただけで、腕自慢の錠前破りも匙《さじ》を投げ、町方は見回り不要と踵《きびす》を返す」と謳《うた》われている。

その緋名は、小上がりがお決まりの席だが、今日は何かに気づいたように、勝手へ向かって歩いてきた。

「今日は、大福《だいふく》は留守番ですかい」

大福は、緋名の飼い猫で、主《あるじ》に付いて回ることが多く、『恵比寿蕎麦』にもよく顔を出す。

訊ねた銀太に、緋名が勝手に近づきながら答える。

「蒸し暑さで動く気がしないらしい。土間で寝そべっている」

そうして、格子越しにこちらを覗き込みながら、

「茗荷の匂いがする」

と呟いた。

「お嫌いで」

いや、と緋名は笑って首を振った。

「よく頂くんだが、味噌汁か冷や奴の薬味くらいにしか使いどころがなくて。銀さんは茗荷をどう使うんだ」

そういえば、緋名の住まいの周りは、畑が広がっていたな。

銀太はそんなことを考えながら、緋名に答えた。

「卵とじにするんでさ」

言いながら、手も動かして緋名に見せてやる。

「冷やししっぽく」の具もそうだが、真夏の暑い折、銀太は色々な卵とじを作る。ふんわりと柔らかな卵とじなら、暑さで食べ物が喉を通らない客でも、食べやすいだろう。

「卵は、念入りに、力を入れて溶いて、火を通した時にふっくら仕上がるように。汁は蕎麦汁じゃあ味が濃くなりすぎちまうから、別につくりやす。酒とみりん、しょうゆ、出汁。茗荷はこう、縦に千切りにして、水にちょいとさらしてから、ようく水を切る。出汁の味つけが薄まっちまいやすからね。汁が煮立ったら茗荷を入れて、その上に溶いた卵を。火を通しすぎると、茗荷のいい香りも歯触りも飛んじまうから、こんなもんかな。茗荷は身体に籠《こも》った熱をとるそうですし、卵は精がつく。夏の暑い時分にゃあ、もってこいですぜ」

ほら、出来た、と器に盛って緋名に見せる。

「旨そうだな」

緋名が呟いたので、銀太はなんとなく気分が良くなって、

「召し上がりやすか」

と訊いてみた。

戸惑っている緋名に、悪戯《いたずら》めいた言葉を添える。

「いつも、あっしの蕎麦を召し上がって下さる、ちょっとした礼でさ」

緋名は、銀太の茹で過ぎた蕎麦が「癖になった」のだそうだ。

緋名が、少し驚いた顔をしてから、すぐに笑って頷いた。

「そういうことなら、遠慮なく頂こう」

遣り取りに聞き耳を立てていた常連客達が、途端に騒ぎ出す。

「俺も」

「おいらは、もう頼んであるんだ」

「銀さんの茗荷の卵とじ、うめぇんだよなあ」

そこへ、秀次がすかさず水を差す。

「お代は、ちゃんと頂きやすぜ。品書きにちゃんと載ってる菜だからな」

そりゃあねぇ、だの、自分達だって常連だ、だの文句を言う常連に、秀次はにやりと笑って問い返した。

「それじゃあ、これからは重さんたちも兄ちゃんの茹でた蕎麦、食うかい。姐さんの卵とじは兄ちゃんの蕎麦を食ってくれる礼だからな」

常連が示し合わせたように押し黙る。

「なんで、そこで黙るんです」

むっつりと銀太が口を挟むと、緋名が笑い交じりで告げた。

「では、私だけ一足先に頂くとしよう。せっかくの銀さんの礼を、冷まして無にしては申し訳ない」

このところ、緋名は常連客の軽口やふざけ合いに混じることが多くなった。生来は生真面目《きまじめ》な性分で、店へ通い始めた頃なら、卵とじを断るか、常連達に自分が振舞うか、していただろう。

緋名が『恵比寿蕎麦』で見せる気の置けない寛いだ様子が、銀太には眩《まぶ》しく、嬉しかった。

秀次の、偉そうな声が飛ぶ。

「兄ちゃん、何、姐さんに見惚《みと》れてにやにやしてんだよ。さっさと茗荷の卵とじ三つ、頼むぜ」

常連客三人は、顔を見合わせて苦笑いを零《こぼ》している。

「秀坊にゃあ、敵《かな》わねぇなあ」

「銀さんの卵とじは、やっぱり食いてぇ」

「おいらは、元々頼んでた」

「そりゃ、さっき聞いたぜ」

楽し気な常連客へ、銀太は、笑いながら「只今」と応じた。

茗荷を刻んでいると、小上がりの緋名の向かいにちゃっかり腰を下ろした秀次が、訊ねている声が聞こえてきた。

「味はどうだい、姐さん」

「ああ、とても旨い。茗荷の爽《さわ》やかな香りがいいな」

「だろう。兄ちゃんの卵とじは、お高く留まった料理屋よりうまいぜ」

得意げに、茗荷は卵と相性がいいからなと、告げたところで、秀次はなにやら思いついた風だ。小上がりから銀太に向かって語り掛けた。

「なあ、兄ちゃん。刻んだ鰻《うなぎ》の蒲焼《かばやき》と炒《い》り卵を白飯に混ぜ、茗荷と生姜《しょうが》、焼きのりをたっぷり載せたら、どうだろう。こないだ、鰻の匂いが苦手だってじいさんがいてさ。茗荷と合わせりゃ、匂いもあんまり気にならねぇんじゃねぇかな」

銀太が、なるほど、鰻か、と考えていると、常連達も「鰻が食いたい」と騒ぎ出した。

「銀さん、鰻も出しておくれよ」

そんな頼みに、銀太が微苦笑で応じる。

「御冗談を。あのにょろにょろを捌《さば》いて焼くにゃあ、それなりの習練がいるんでさ」

鰻の話で盛り上がっているところへ、銀太が、緋名がいつも頼む「大根おろしと海苔を添えたぶっかけ蕎麦」を持って小上がりへ向かった。

緋名が、何気ない調子で、話を変えた。

「そういえば、可笑しな錠前破りが、現れたらしいな。なんでも、阿漕《あこぎ》な高利貸しの証文を盗んで回っているのだそうだ」

ぎくりとした拍子に、銀太は思わず、蕎麦を出す手を止めてしまった。すぐに気を取り直して緋名の前に蕎麦を置く。

緋名は、ただの噂話を取り繕って、知らせてくれたのに、自分が慌ててどうする。そっと秀次や常連達の様子を確かめるが、賑やかな四人は、銀太が慌てたことに全く気付かなかったようだ。

ほっと息を吐き出し、勝手へ戻る。

「そりゃ、義賊だな」

大工の重吉がしたり顔で断じると、竹蜻蛉売りの玄助が異を唱えた。

「義賊ってのは、金子《きんす》を盗んで貧乏人に配る奴を言うんじゃないのかい」

「何言ってやがる。阿漕な高利貸しをぎゃふんと言わせてるんだ。おいら達貧乏人の味方、立派な義賊じゃねぇか」

秀次も貫三郎も知らない話だが、銀太はかつて、錠前破りに手を染めていたことがある。

一人前になる前に二親を失くし、幼い秀次を養うために銀太が選んだ「生き延びる道」であった。他人様《ひとさま》の金を頂戴する申し訳なさから、兄弟二人が暮らしていくのに入用な分だけ失敬するに留めていたため、「錠前破りのちょい盗み」——大技を使って盗みに入った割に、ちょっとしか盗んでいかない妙な盗人《ぬすっと》だと、揶揄《やゆ》されていたものだ。

死んだ女房、おかるも一人働きの盗人で、盗みが縁で知り合い、所帯を持った。

へぇ、と左官職人が腕を組んで、緋名を見た。

「姐さんの錠前は、大丈夫かい」

すかさず、玄助がしたり顔で窘めた。

「九さん、馬鹿言っちゃいけないよ。心配なんか、誰もしやしない。姐さんの錠前は、泣く子も黙る、天下の『緋錠前』なんだからな」

鰻の次は、『緋錠前』の話で盛り上がり始めた常連客に、熱々の卵とじを出す。常連達の気が茗荷の卵とじへ逸れた隙を図ったように、緋名が銀太に視線を送ってきた。

微かに厳しさを纏った目は、

——まさか、銀さんの仕業ではないだろうな。

と確かめていた。

銀太が、小さく首を横へ振る。

緋名は銀太が錠前破りであったことを知っている。

緋名にそのことが知れてしまったきっかけが、この梅雨の走りの頃、昔取った杵柄《きねづか》で、まさしく「阿漕な証文」を質屋の蔵から盗み出そうと、『緋錠前』の錠前破りに手を染めた時のことだった。
もっとも、噂通りの難物で、手も足も出なかったが。
銀太が首を振ったのを見て、緋名は、安堵《あんど》した顔で小さく頷いた。
あの時と似たような盗みなのを心配して、確かめに来てくれたのか。
呑気なことを承知で、銀太は嬉しさのまま、緋名に頷き返した。
「あ、兄ちゃん、このやろっ。また姐さんに見惚れてやがったな」
秀次の陽気な声が、狭い店の中に響いた。

三章――与力

緋名が『恵比寿蕎麦』で一風変わった錠前破りの話をしてから半月、今度は貫三郎が訪ねてきた。飛び切り暑い日の八つ過ぎ、さすがの暑さのせいだろうか、常連客達も足が遠のいているのか、ひとりも客のいない折だ。

すでに、件《くだん》の錠前破りは「義賊」として巷《ちまた》の噂になっている。

小上がりに貫三郎が収まると、暑さにくじけ、店で伸びていた秀次が早速切り出した。

「錠前破りの義賊の話かい」

訊きながら、秀次が銀太を見てにやにや笑う。

錠前破りの義賊が人の噂に上り始めてから、弟はやたらと銀太をからかってくるのだ。

『緋錠前』に手も足もでなかった兄ちゃんに比べ、あちらさんは、随分ちゃんとしてるよなあ、と。

貫三郎の前で止めろ、と銀太は弟を目で叱ったが、先だって『大村屋』の蔵に貫三郎が閉じ込められた際に、銀太が錠前破りの腕を持っていることを、知られてしまった。

ただの道楽だと言ったことを、信じてくれたようだが、その時に「二度とやるな」と、真剣に念を押されてしまった。

だから、貫三郎はさっと厳しい目で銀太を見てから、すぐに仏頂面を秀次に向け、言い返した。

「錠前破りの話はいいから。ちょっと、二人の耳に入れておきたいことがあって」

銀太は、小上がり近くに客用の樽を寄せ、店の入り口の動きが分かる方を向いて、腰を下ろした。

「吟味方に新しい与力殿が、着任したんだ」

貫三郎の難しい顔つきを知ってか知らずか、秀次がいつものようにからかう。

「へぇ、代替わりかい。良かったじゃねぇか、ようやく貫三郎より下《した》っ端《ぱ》が出来てよ」

「俺より、下っ端はとっくにいるったら。いや、そうじゃなくて——」

つい、といった風に、秀次の軽口に乗ってしまった貫三郎だったが、すぐに首を横に振り、また難しい顔に戻った。

「本役の方だよ。柳下久吾《やなしたきゅうご》様」

「いきなり本役か」

銀太は、訊き返した。

奉行所の与力や同心は、一代限りの抱え席、子や身内にその役を継がせることはできない。ただそれは表向きで、子や身内を新たに抱えるという体《てい》を取って、代々引き継いでいる者が殆《ほとん》どだ。

父親が役目を退き、息子がその後を継ぐ時は「見習い」から始め、「助役」「本役」と、順に役目に慣れていく。貫三郎もその最中だ。

貫三郎が、小さく息を吐き出し、頷いた。

「俺より歳上だし、奉行所の内証《ないしょう》も、与力の御役目もよくご存じなんだ。ただ、吟味方に着任される前は何をされていたのか、誰も知らない。噂では、隠密廻《おんみつまわり》だったんじゃないかって」

銀太と秀次は、顔を見合わせた。

隠密廻とは、隠密廻同心のことだ。定《じょうまわり》廻同心、臨時廻《りんじまわり》同心と共に「三廻《さんまわり》」と呼ばれ、同心の花形とされる。

与力を通さず、直《じか》に奉行の配下に置かれ、役の名の通り、様々な身分や生業《なりわい》に身をやつし、隠密裏に探索の裏付けをとったり、奉行の密命に従って動いたりする。

三廻をこなしていた腕利きとはいえ、同心から与力への「出世」なぞ、聞いたことがない。それは物知りの秀次も同じだったようで、疑わし気な目を、貫三郎に向けた。

「その噂、信用できんのか」

貫三郎は、力なく項垂《うなだ》れた。

「分からないよ。そもそも、隠密廻の素性は奉行所内でも殆ど知られていないんだから。多分、吟味方は勿論、所内のことを知り尽くしていて、やり手で、謎めいているから、そんな噂が立ったんだろうけど——」

貫三郎は、自信なさげに言葉を萎《しぼ》ませた。

「そんなに、できる奴なのか。吟味方に着任した経緯《いきさつ》は」

銀太の問いに、ええ、と貫三郎が応じる。

「元々、本役は一席空きがあったんだけど、お奉行直々のお声掛かりらしいんです。着任早々、滞っていた吟味をいくつも片付けてしまって。糟屋様は、自分が抱えている吟味も任せたいって、大はしゃぎしてる」

秀次が、すかさず茶々を入れた。

「そりゃあ、お奉行様もお前《め》ぇも、大助かりだろう。あのぼんくら与力が差配する吟味なんざ、進まねぇどころか、どこへ行っちまうか分かったもんじゃねぇ」

「秀ちゃん」

貫三郎は、めっ、と、兄が弟にするような仕草で、秀次を窘めた。

普段、弟分のように扱っている貫三郎に叱られ、秀次は不服気な顔をしたが、更に銀太が睨《にら》みつけると、しゅんと大人しくなった。

銀太が、貫三郎を促した。

「それで。その与力様の何が気になる。聞いたことのない厚遇に同輩と軋轢《あつれき》があるのか」

貫三郎が何を気に病んでいるのか、銀太は引っかかっていた。

銀太の問いに、貫三郎は小さく首を横へ振った。

「お人柄は快活で温厚、人当たりも良く、助役や見習い、同心をさりげなく庇《かば》ったりもするものだから、皆既に、心を許しています。剣の腕前も相当なもので、稽古をつけて欲しいと、強請《ねだ》る者も出る始末で」

「お前だけが、心を許せずにいる、と」

貫三郎は、「そういう訳じゃ」と言い返してから、口ごもった。銀太から視線を逸らし、ぽつりと呟く。

「俺も、心を許せたらな、と思います」

「なんだ、人誑《ひとたら》しかよ」

秀次が、呆れ交じりで言った。

「お前ぇもまんまと、その人誑しに誑《たぶら》かされたって訳だ」

貫三郎は、柔らかな物腰に反して、負けず嫌いで頑固だ。そんなことない、とむきになって言い返すかと思いきや、またぽつりと、呟いた。

「眩しいお人なんだ。兄上と、どこか似ておいでで」

銀太は首を傾げた。長兄は、町中の諍《いさか》いに巻き込まれて命を落としている。清廉潔白で武芸に優れた好人物だったという話だ。

及川家の長兄が健在だった間は、町人の娘との間に出来た息子を、貫三郎の父は見向きもしなかったから、長兄と貫三郎が逢っている筈はない。

もうひとりの兄、及川家の次男坊は身体が弱く、屋敷から出ることがほとんどない。貫三郎とも、他の身内とも、滅多に口を利かないのだという。貫三郎が憧れの音を交えて語るような、「快活で温厚、人あたりのいい剣豪」とはかけ離れていそうだが。

銀太の顔色と視線を察したか、貫三郎が少し照れくさそうに打ち明けた。

「上の兄、誠之進《せいのしん》兄上が生前、幾度か『あやめ茶屋』を訪ねて下さっていたのです。母や祖父母を気遣ってくださいました。兄上から教えて貰う勉学は、楽しかった。剣術は性に合いませんでしたが」

宙へ視線をさ迷わせて笑う貫三郎は、本当に楽しそうだ。

「『あやめ茶屋』には、俺も秀次もしょっちゅう行っていたのに、気づかなかったな」

「俺の静かな暮らしに余計な波風を立ててはいけない、と、兄上は目立たぬようにしていましたから」

「そうか」

「柳下様を見ていると、兄上を思い出すんです。あの方に少しでも与力として認められたら、兄上にも認められた気がして。俺は、ほんの少しでも、兄上の代わりが務まっているのだろうか——」

途中から独り言のようになった貫三郎の台詞を、秀次が、

「だーっ、辛気臭《しんきくせ》ぇなあっ」

と遮った。怒ったようにまくし立てる。

「そんなに懐《なつ》きてぇんなら、遠慮せずに懐きゃあいいじゃねぇか。犬っころみたいに、尻尾振ってよ」

銀太は立って行って、秀次の頭に拳骨《げんこ》をひとつ食らわせた。

「痛てっ、何するんだよぉ、兄ちゃんっ」

文句を垂れる弟を無言で往《い》なし、貫三郎に詫《わ》びる。

「すまんな。こいつのいうことは気にするな。やきもちを妬《や》いてるだけだ。お前の兄のつもりなんだ、同い年のくせに」

「畜生。そんなんじゃねぇや」

銀太が殴ったあたりを手で抑え、秀次はもごもごと言い返している。

貫三郎は、にっこりと笑った。

「兄上は兄上で、秀ちゃんは幼馴染。比べられないけど、どっちも大事だよ」

途端に、秀次は耳を赤くした。ぷい、とそっぽを向いて悪態を吐く。

「気持ち悪《わり》ぃこと、ぬかすんじゃねぇや。首のあたりが痒《かゆ》くならあ」

それから、ふと気遣うような顔になって、秀次は訊ねた。

「なんで懐かねぇんだよ、その柳下って上役に」

にこにこと笑っていた貫三郎が、ふいに厳しい顔になった。

「柳下様は、俺に『三日月会』もあの二人の心中も、これ以上は追わぬよう、お命じになりました」

銀太ははっとした。秀次も口許を引き締める。

貫三郎が続けた。

「都合が良すぎるとは、思いませんか。あの二人の骸が上がってすぐ、柳下様が俺のいる吟味方に着任された。それに、どうして俺が『三日月会』を追っていて、あの二人の心中を疑っていると、御存じなのか」

呆気に取られていた秀次が、はっと我に返った顔で、貫三郎を怒鳴りつけた。

「ばっかやろっ。何、呑気なこと言ってやがるんだ。兄ちゃんに『動くな』って言われたの、忘れたのかよっ」

「動いてないったら」

子供の頃の調子で秀次に言い返してから、貫三郎は銀太に向き直った。

「動かなかったから、向こうが動いた。そうは考えられませんか、兄ちゃん」

銀太は、低く確かめた。

「柳下様が、『三日月会』の一味、ということか」

何か言おうとした貫三郎を、銀太がさっと手を上げて止める。

銀太にほんの少し遅れて、貫三郎も気づいたようだ。

秀次だけがきょとんとしている。

銀太は、店の外の気配へ向かって、愛想よく声を掛けた。

「開いておりやすよ。どうぞ、お入りくだせぇやし」

小さな間を置いて、藍の暖簾が揺れた。

すらりとした、着流しの侍だ。上背は銀太と似たり寄ったり、年の頃は四十手前だろうか。何気なく見せている所作のひとつひとつに、まったく隙がない。

「主、大層いい声だな。しかし、あんまり静かなので、店じまいしたのかと思ったぜ」

伝法《でんぽう》な口調、快活に笑った侍を見て、貫三郎が立ち上がった。

急いで小上がりから降り、侍に頭を下げる。

「柳下様」

「なあ、兄《あん》ちゃん。あいつ、塩撒《ま》いて追い返さねぇか」

蕎麦を茹でながら、秀次は銀太に耳打ちをした。

侍――吟味方与力、柳下久吾は、貫三郎と共に『恵比寿蕎麦』の小上がりに落ち着いている。

秀次は蕎麦茹でを嫌がったが、こちらからぼろを出してどうする、まずは知らぬふりで様子を見ようと、銀太が宥めた。

弟は渋々柳下の為に蕎麦を茹で始めたが、やはり気に食わないようで、物騒なことを言って来る。

「いいから、黙って蕎麦茹でろ。茹で過ぎるなよ」

「兄ちゃん、どの口で言ってやがる」

小声で言い合いをしていると、小上がりから柳下が問いかけてきた。

「主は、蕎麦を茹でねぇのか」

銀太は、明るく応じた。

「へぇ。蕎麦茹では、弟の方が上手《うま》いもんで」

「誰が茹でても、兄ちゃんより上手いと思うぜ」

ぽん、といつもの調子で秀次の口から軽口が飛び出した。

柳下が、豪快に笑う。

笑いながら、また柳下が訊く。

「蕎麦茹でが下手くそな蕎麦屋ってのも、珍しい。それじゃあ主は、何が得手《えて》なんだい」

銀太が答える前に、秀次が調子よく応じた。

「蕎麦汁は、天下一品だぜ、と、違った、で、ごぜぇやす。菜だって、そこいらのすかした料理屋より、よっぽど食えやすよ」

ほう、と柳下は笑って頷いた。

「大きく出たな。では、主に任せるとするか。二、三、見繕って作ってくれ」

へい、と返事をしながら、銀太は秀次を見た。

秀次は、先に出来上がったぶっかけ蕎麦を出して戻って来るや、柳下に向けた気の置けない顔を仕舞い込んで、鋭い視線を格子越し、小上がりに向けていた。

「あの与力様、おいらの上をいく人誑しだぜ」

なるほど、と銀太は頷いた。

「弟分をとられたから気に食わないってだけじゃなく、人誑し同士で気に食わない訳だ」

「冗談言ってる暇ぁねぇぞ、兄ちゃん」

見てみろ、と、秀次は、顎で小上がりの方を指した。

「貫三郎の奴、尻尾振りたくてうずうずしてやがる。奴らの一味かもしれねぇって、分かってるくせに」

確かに、貫三郎は楽しそうだ。浮き立つ心を懸命に抑えている。長い付き合いだ、ぎこちない笑みや忙しなく泳ぐ目で、分かる。

銀太は、海老《えび》の下拵《したごしら》えをしながら、小声で弟に応じた。

「むしろ、都合がいいかもしれないぞ」

「兄ちゃん」

どういうことだ、という秀次の問いかけに、言葉を添える。

「腕利きの与力様が、わざわざ流行っていない蕎麦屋へやって来たのは、偶々じゃないと見た方がいい」

「やっぱり、『三日月会』の――」

言いかけた秀次を目顔で止める。

「貫三郎が疑いを持っていると知れたら、むしろ貫三郎の身が危うくなる。心酔しているように見せられれば、あちらも油断する」

むう、と秀次が唸った。

「まあ、それもいい手かもしれねぇな」

したり顔で言ってから、にやりと笑う。

「それじゃあせいぜい、おいらも与力様に尻尾を振る真似でもしてみせるとするか」

言うなり、足取りも軽く小上がりへ向かった。

まもなく、秀次と貫三郎の楽し気な声が聞こえてきた。そこに、柳下の気さくな声が混じる。

「ほう、お前ぇたちは幼馴染だったのかい。ところで及川、実家には戻ってるんだろう。何、戻ってねぇ。おっ母さんにゃあ、顔を見せてやらなきゃあいけねぇぞ」

ひやりと、肝が冷えるのを銀太は感じた。

『あやめ茶屋』のことを探っているのか。また、小母さん達を巻き込む訳にはいかないぞ。

いや、待て。落ち着け。知ろうと思えば、貫三郎当人から聞き出さなくても、上役の立場を使っていくらでも探れるはずだ。

そう、銀太は自らを宥めた。

一方、小上がりはふいに静かになったので、さりげなく窺《うかが》ってみる。

秀次と貫三郎は、戸惑ったように、視線を交わしていた。

ああ、と思い立ったように柳下が笑った。

「乱暴な話しっぷりで済まねぇな。及川、奉行所での俺と随分違って、驚いたかい。

どうも、しゃっちょこばった話し方が苦手でね。せめて蕎麦屋じゃあ、気安く口を利かせてくれねぇか。まったく、大層なお役を頂いちまうと、色々面倒臭ぇもんだ」

丁度、柳下のための菜が揃ったところだ。

銀太は小上がりへ運びながら、話に混ざる振りで、さりげなく柳下に訊いてみた。

「与力の御役目に就かれる前は、何をなすってたんでごぜぇやすか」

ふと、柳下に向けられた眼光はぎくりとするほど鋭く、銀太は思わず足を止めた。

すぐに、柳下が目元を和ませる。

「そいつが、自慢の菜かい」

話を逸らされた。

舌打ちをしたいところを堪え、柳下の前に並べながら答える。

「へぇ。蕎麦より後になっちまって、申し訳ありやせん」

「構わねぇよ。こっちが先にぶっかけを頼んでたんだ」

出された菜を、子供のように目を輝かせながら、柳下は眺めている。

「左は、茗荷の卵とじでさ。熱いうちにどうぞ。真ん中は冷や奴に、海老と枝豆の銀餡《ぎんあん》をかけてありやす。冷てぇ豆腐と熱々の餡を一緒に食べるのが珍しいって、弟《こいつ》が思いついたんでさ。右は鯛《たい》の昆布締めです。梅のたれとご一緒に」

冷や奴の餡かけは、小さく切った海老をかつおだしで茹で、そこに枝豆を加え、とろみをつけたもの。昆布締めに添えた梅のたれは、柔らかな梅干しを念入りに包丁でたたき、蕎麦汁で伸ばしたものだ。

柳下は、三品の菜を物珍しそうに眺めながら、呟いた。

「確かに料亭で出て来そうな菜だ。鯛や海老なんぞ、蕎麦屋あたりじゃあ、普通出てこねぇだろうに」

それから、順に箸をつけ、

「うん。こりゃあ旨ぇ。酒が欲しくなっちまいそうだ」

「お持ちしやしょうか」

銀太の問いに、柳下は首を振った。

「いや、今日はやめておこう。しかしなあ。蕎麦に出汁。卵、海老、鯛。仕入れにゃあ手を抜いてねぇな。大して流行ってねぇように見えるが、こんな贅沢《ぜいたく》して、やってけるのかい。他人事とはいえ、心配しちまう」

　この問いには、秀次がすかさず答えた。

「仕入れにゃあ、ちょっとしたこつがあるんでさ」

「秀次が、仕入れてるのかい」

　弟が、しゅるりと鼻の下を人差し指で擦《こす》った。

「兄ちゃんはこのとおり、強面《こわもて》で口下手なもんで、仕入れと客あしらいは、おいらが仕切ってやす」

「頼もしい弟を持ってよかったな、銀太」

　名を呼ばれ、また肝がひやりと冷えた。

　秀次か貫三郎が教えたのだろうと見当はついたが、柳下の呼び方に、何やら含みがあるように感じたのだ。

　秀次が、とびきり明るい声で茶化す。

「『頼もしい弟』を、せいぜい大切にしてくれよ、兄ちゃん」

「うるさい」

　銀太が顔を顰めて言い返すと、柳下は、声を上げて笑った。

　笑いながら、腰を上げる。蕎麦も菜も、既に綺麗に平らげていた。

「お帰りでごぜぇやすか」

　銀太が訊ねると、柳下は大小を腰に差しながら、応じた。

「幼馴染同士の集まりを邪魔しちゃあ、悪《わり》ぃからな。また寄らせて貰う」

いいながら、空の器の傍らに二分金を置いたので、銀太は慌てた。

「こ、こいつはお代にゃあ多すぎやす」

柳下は、銀太ではなく秀次に向かって告げた。

「これでいいもん仕入れて、旨いもん食わしてくれ」

黄金《こがね》色の輝きに目が釘付けになっていた秀次だったが、すぐに我に返って、請け合った。

「任せとけ、じゃなかった、お任せくだせぇ。ああ、柳下の旦那、おいらが留守をしてる時は、蕎麦だけは頼んじゃあいけやせんぜ。とんでもねぇ蕎麦が出て来ちまう」

柳下はまた快活に笑って、

「いや。話の種に、主の蕎麦も食ってみるのも面白れぇ」

と応じ、外へ向かった。

つい、と藍の暖簾を手で払ったところで、思い出したように振り向く。

「近頃、妙な錠前破りが暴れ回ってやがる。この店も、気を付けたがいいぜ」

はっと息を呑んだ時には、既に柳下の姿は藍の暖簾の向こうへ消えていた。

居住まいを正した格好のまま固まっていた秀次が、体の力を抜くように、足を崩した。

乱暴に胡坐《あぐら》を掻きながら、銀太に向かって呟く。

「兄ちゃん、帰りがけのあれ——」

「脅しだろうな」

銀太は短く告げた。

「やっぱりか。蕎麦屋に錠前なんざ、ありゃしねぇってんだ」

軽い調子でふざけた秀次の頬《ほお》が、強張《こわば》っている。見かけに反して実は気の小さい秀次が、あの場で「なんで、それを」なぞと騒がなかっただけでも、大したものだと、銀太は思った。

ふと気づいたように、秀次が貫三郎を見て、眉根を寄せた。

「泣きそうな顔、すんじゃねぇよ、貫三郎。最初《はな》っから分かってたこったろうが。あの与力野郎が『三日月会』の一味だってな。いいか、あの与力野郎はお前《め》ぇの兄上様なんかじゃ、ねぇんだぜ」

「そんなこと、分かってるったら」

歯切れの悪い物言いで言い返した貫三郎のあごに、みるみる「梅干し」が浮かび上がった。

「あ、こいつ。泣きやがった」

「泣いてなんか、ないったら」

ぎゃあぎゃあと、お決まりの「泣いた」「泣かない」のじゃれ合いを遠くに聞きながら、銀太は柳下が出て行った暖簾を見つめていた。

柳下は、銀太達を脅すために『恵比寿蕎麦』へやってきた。恐らく貫三郎がいることも承知の上だろう。

けれど、何のための脅しだ。

蕎麦と菜を平らげ、貫三郎と秀次と他愛ないやり取りをし、去り際に「錠前破りに気を付けろ」と告げていった。

なぜ、脅し文句が「錠前破り」なのだろう。

大人しくしていろという意味なのか、首を洗って待っていろなのか、まるで分からない、脅しの意図が伝わらない、無駄な脅し。

――ほらまた、お前さん。考えすぎて訳が分からなくなってるよ。忘れたのかい、こういう時はね、何も考えずに敵さんの出方を待つのさ。

おかるの澄んだ声が、聞こえた気がした。

それでも、銀太の心はすっかり晴れはしなかった。

銀太が菜を出した時、柳下の見せた鋭い眼光が、頭から離れなかった。


夜更け、銀太は秀次を起こさないように気を付けながら、寝床を抜け出した。

どうしても、柳下が気になったのだ。

柳下が容易《たやす》く尻尾を出すとは思わないが、駄目で元々、八丁堀の辺りを探ろうと思っていた。

貫三郎から聞いた柳下の屋敷へ向かう途中、白魚橋《しらうおばし》の袂《たもと》の柳に人影が動いた気がして、銀太は気配を消した。

そっと近づく。

闇に慣らした目が捉えたのは、二人の男。

ひとりは柳下だと、すぐに分かった。

何やら揉《も》めているようだ。何の話をしているのか聞きたいが、これ以上近づくと、柳下に気づかれてしまうかもしれない。

じりじりした時が流れ、暫く。

ぽう、と提灯《ちょうちん》の火が灯り、二人の男はそれぞれ歩き出した。

柳下は八丁堀へ向かい、銀太から離れて行った。

提灯を持ったもうひとりの男が、こちらへ近づいて来る。身なりのいい商人だ。

銀太は、確かにその男の顔を見知っていた。

「冷やししっぽく」を二人前、親子三人で仲良く平らげて行った客だ。

真っ当で、幸せそうだった男が、なぜ。内儀と娘はどうしている。

ざわめく胸の裡《うち》を宥めながら、銀太は、そっと路地に入って身を隠した。

目の前の往来を、男が通り過ぎて行った。

腰には、『恵比寿蕎麦』へ来た時には確かになかった、いかにも値の張りそうな牛の形をした象牙《ぞうげ》の根付《ねつけ》が揺れていた。

四章――消えた女形

セミの鳴き声がうねるような昼下がり、有島仙雀《ありしませんじゃく》が『恵比寿蕎麦』へやってきた。

かつては、森田座の名脇役と称された女形で、今は湯島《ゆしま》に居を構え、ほんの幾人か弟子を抱え、稽古をつけているという。芝居町や湯島界隈《かいわい》では「湯島のご隠居」で通っている。

錆納戸《さびなんど》――少しくすんだ渋い青緑色の小袖に、鉄紺《てっこん》の帯、帯と揃いの利休帽は浅く小さめで、小さく形の良い頭にちょんと乗っている様子が、粋で涼やかだ。

見た目は、髪に白い者の混じる初老の男だが、おっとりと笑み、品よく柔らかに振舞う様は、男とも女ともつかない、不思議な気配を纏っている。

さすがは、森田座で語り継がれている女形だ。

銀太が初めて仙雀と会った時は、天女を束ねる天人《あまびと》のようだと、思ったものだ。もっとも、その喩《たと》えは、秀次と常連客達に、銀太らしくないと大笑いされてしまったが。

悪戯好きで、どんな時でもゆったり構え、色々なものを見通し情が深い。そのせいで、あちこちから頼られている。

その仙雀が、らしくなく固い顔をしていた。

顔色も良くない。

銀太の口から、「いらっしゃいやし」より先に、「御隠居さん、どうなすったんで」という問いが、つい飛び出した。

そこへ、暑い最中、外を歩き回っていた秀次が戻ってきた。秀次と仙雀も互いに知った仲で、秀次は仙雀に懐いている。

「ああ、やっぱり湯島のご隠居さんだ。品のいい後ろ姿で、そうじゃねぇかと戻ってきたんだぜ。蕎麦ならおいらが茹でるよ。ぶっかけがいいかい」

仙雀は、ぎこちなく秀次に笑いかけた。

「すまないね。今日は蕎麦を食べに来たんじゃあ、ないんだよ」

話しぶりも、仙雀らしい余裕《ゆとり》が感じられない。秀次も、仙雀がおかしいことに気づいたようだ。

「どっか、具合でも悪《わり》ぃのかい。とにかく、掛けなよ」

小上がりへ促す秀次にも気づかないように、客の姿のない店の中を見回した。

「ご隠居さん」

もう一度声を掛けると、隠居は縋るように銀太を見た。

「弟子。あたしの弟子が、邪魔をしなかったかい」

振り絞るように訊く。

「弟子ってぇと、森田座の様子のいい——」

常連客のひとり、森田座の大部屋女形を思い浮かべて訊き返そうとした銀太を、仙雀は「いや」と遮った。

「いや、濱次《はまじ》じゃなくて。市村座でちょい役を貰ってる、有島ひばりって子なんだけど」

あの、涼やかですらりとした立ち姿と、整った顔がひどく目を引く大部屋女形は、濱次というのか。大部屋女形たちの遣り取りでよく聞こえてくる名ではあったが、とにかく女形たちは賑やかで、お互いに呼び合う名が誰の名なのか、まるで分からなかった。

そんなことを考えながら、銀太は秀次に続いて、仙雀を小上がりに促した。

「まずは、ちっと落ち着きなすって。秀、ご隠居さんを頼む」

弟に仙雀を任せて、銀太は番茶を淹《い》れた。

小上がりに腰を落ち着けたものの、所在なげに視線をさ迷わせている仙雀へ、「煎茶じゃなくて申し訳ありやせん」と、湯気の立つ湯呑を出した。仙雀は、煎茶道楽なのだ。

番茶に仙雀が口をつけるのを待って、そっと、宥めるように確かめる。

「そのひばりさんってぇお弟子さんは、市村座の役者さんで」

市村座は、日本橋葺屋町《ふきやちょう》にある芝居小屋だ。中村座、森田座と共に、公儀から興行を許されている本櫓である。ちょい役だろうが何だろうが、そこで芝居ができるのは、役者の誉れだ。

仙雀が、小さく頷く。

「市村座で、細々と女形をやってるよ」

言葉の選び様に反して、その声音には、ひばりに対する慈しみが溢《あふ》れていた。

銀太は、飛び切り穏やかに切り出した。

「でしたら、森田座の皆さんと一緒にゃあ、こちらにはいらっしゃらねぇんじゃああありやせんか。その、濱次さんがおひとりで見えたこともありやせんし」

仙雀が、ようやく我に返った顔をした。

片手を口に添え、「ああ。ああ、そうだよね」と呟く。

「あの子はここを知らないはずだ。なのに来る訳がない。でも、もしかしたら、濱次に助けを求めに、来てるかと——」

「いなくなっちまったんですかい」

「ここ二日、稽古に来ないんだよ。あの子は稽古の虫だったのに」

可愛い弟子の女形とはいえ、中身はいっぱしの男だ。二日こないだけで随分な狼狽え振りだ。

「よろしけりゃあ、お話を伺えやせんか」

銀太の目配せに、秀次が立って行って暖簾を仕舞った。

仙雀は、暫く秀次を目で追っていたが、やがて力ない笑みを銀太に向けた。

「済まないけど、番茶をもう一杯、貰えるかい。今度はもうちょっと冷まして」

有島ひばりは、気持ちも身体も線の細い男なのだという。

覚えは悪いが誰よりも稽古に熱心で、何でも人の倍かけて身につけるのだそうだ。

気が弱くてどれだけ稽古をしても、自分が信じられずに狼狽え、しくじることが多い。

役者を始めた時から仙雀が弟子として面倒を見ていることもあり、「有島」を名乗らせているが、それがひばりにとって支えになる反面、重い荷になることもあるらしい。

「有島」の名を、汚してはいけない、と。

梅村《うめむら》濱次という、『恵比寿蕎麦』によく顔を出す女形に憧れているが、自分はああはなれないとも、承知している。

せめて、師匠や濱次に恥ずかしくないように。

そう、ひばりは頑《かたく》なに思い定めているのだそうだ。

だから仙雀も濱次も、ひばりの歩み方でいい、ひばりのやりたい芝居でいい、と折に触れて諭してきた。

師匠や兄弟子のいう通りに、こつこつ頑張ってきたひばりの様子が、ここしばらくで、ふいに変わった。

目の色を変えて心中物を演《や》りたいと言うようになった。

自分の演りたい役ができたのはいいことだと思いつつ、仙雀はどうしても気になった。

気弱で優しい子が、どうして「心中物」なのか。

また、「心中物《ひつじょう》」は、公儀に厳しく禁じられている。目を付けられたら、咎めを受けることは必定なのだ。

だからしつこく経緯を質《ただ》したところ、どうやら師匠、仙雀のために一旗揚げたい、少し気にかけてくれている濱次に、少しでも褒《ほ》めて貰いたいという想いがあるようだった。

ここまで話して、仙雀は、ほろ苦い溜息を吐いた。

「有島の名なんぞ、大したことはない。あたしだって、脇役ばっかだったんだから。濱次に憧れてるなら、なれるなれないなんぞ手前《てめ》ぇで最初《はな》から決めないで、やってみりゃいいんだ。大体、濱次はおっとり呑気な子だからね。似合わない芝居に目の色変えたひばりを見たって、案じこそすれ『よし、よくやった』なんぞと言いやしないよ。そもそも、あたしや濱次のためじゃなく、手前ぇのために芝居をやらなきゃあいけないのに。あの子は人のことばかりなのさ」

独り言めいてきた仙雀の言葉を、銀太は、「御隠居さん」と、やんわり遮った。

仙雀が、夢から覚めたような顔で銀太を見遣る。

「何か、ひばりさんにきっかけのようなものは、おありになったんで」

銀太の問いに、仙雀がほろ苦い笑みを浮かべた。

「顔見世興行さ。そろそろ、そんな噂が出る頃でね」

本櫓の役者は、一座が一年毎に雇うのが決まりだ。引き続き同じ本櫓で演じるのか、他の一座へ移るのか、一年の給金はどうするか。大概、十月中にそんなことを一座と話し合って決める。皆収まるところへ収まり、それぞれ新しい顔ぶれで打つ十一月の興行が「顔見世興行」だ。

仙雀が、溜息交じりに続ける。

「市村座は、ひばりをもう使わないつもりらしいって、どっからか聞いちまったみたいでね。心中物がやれるほどの技量と、腹の据わりっぷりを座頭《ざがしら》に見せなきゃあ、後がないって思いつめたんだろうね。今人気の大役をやったって、名題《なだい》たちにゃあ太刀打ちできない」

名題とは、狂言の演目の看板に名が乗る、大物役者のことだ。確かに、どんでん返しを狙うなら、それくらい突飛なことをしなければ、と思い詰める気持ちは分からないでもない。

銀太が考えながら頷くと、秀次が呆れ交じりで口を挟んできた。

「そこまで、本櫓にこだわるかねぇ。市村座をおん出されたって、他が拾ってくれるかもしれねぇし、いざとなったら、芝居なんざどこでもできるだろうに」

「秀次」

銀太が鋭く秀次を遮った。

だが仙雀は、からりとした笑みを浮かべ、「全くだよ」と秀次に応じた。

言葉とは裏腹に、仙雀が痛々しく見える。銀太は堪《たま》らなくなって秀次を叱った。

「芝居小屋のことなんざろくに知らねぇお前《め》ぇが、余計な口を挟むんじゃねぇ。本櫓の舞台に立つことを縁《よすが》にしてる役者は沢山いるんだ。弟子の自分が本櫓を追い出されたら、師匠の顔に泥を塗ることになる。ひばりさんはそう思い込んでるんだろうよ」

秀次は、銀太に言い返そうと息を吸ったが、仙雀をちらりと見て、思い直したようだ。

それでも、もごもごと言い訳をする。

「でもよぉ。両国広小路《りょうごくひろこうじ》辺りで芝居打ってる役者たちだって、楽しそうに演ってるぜ」

仙雀は、ぎこちなく笑って銀太と秀次を宥めた。

「秀さんが、あたしとひばりを案じてくれてるのは分かってるよ。だから、仲良し兄弟が諍いなんざしないどくれな」

仲良し兄弟と言われて、なんとなく照れ臭くなり、銀太と秀次は顔を見合わせた。

銀太は、ぎごちない空咳《からせき》をひとつ挟み、話を元へ戻した。

「ひばりさんが心中物に夢中になっていたことと、姿を消したこと、どう関わりがあると、ご隠居さんはお考えで」

仙雀は、少しの間迷うように黙っていたが、すぐに銀太と秀次を見比べて打ち明けた。

「実はね。ひばりの奴、本当に心中を考えてるお人を、探してたようなんだよ」

――二世を誓って共に命を捨てる。どんな気持ちになるのかは、とどのつまり、やってみないと分からないよねぇ。

ひばりが、そんな物騒なことを言っていたと、仲のいい大部屋女形から仙雀が聞き出した。

大部屋女形は、ひばりが冗談を言っていると思ったという。だから笑い飛ばして、言ってやったのだそうだ。

――いくらなんでも、てめぇの命はさすがに捨てられないだろう。あの世で芝居がしたいんなら別だけどさ。だったら、心中しようとしてるお人に聞いてみちゃあ、どうだい。

それからしばらくして、ひばりは市村座に姿を見せなくなった。住まいにもここ二日、戻っていないようだ。

仙雀が瞳を曇らせる。

「そろそろ、ひばりが役を貰ってる芝居の中ざらえにも備えなきゃならない。中ざらえまでに戻ってこないとなりゃあ、心中物だのなんだのと言ってる前に、それこそ干されちまう」

中ざらえとは、それぞれの稽古が進んだ頃に行う、役者総出の稽古のことだ。中ざらえをすっぽかしたとなれば、十把《じっぱ》一絡《ひとから》げの大部屋役者の立場は、相当悪くなる。

秀次が、心配半分、呆れ半分という顔で仙雀を見た。

「芝居がどうこう言う前に、ご隠居さんは、お弟子さんの身が心配じゃあねぇんですかい」

普段の秀次なら、少々乱暴な物言いで、怒鳴っているところだが、相手は仙雀だ。しかも秀次の内心――ひばりを心配していることを分かって貰ったばかりである。

随分と大人しい「悪態」になったものだな。

銀太がこっそり笑っていると、仙雀もちょっと寂しそうに笑った。

「済まないねぇ。あたしもひばりも、役者の後に『馬鹿』が付いちまうもんでね。手前ぇの身とおんなじくらい、舞台や芝居を大事にしちまう。決して、ひばり自身の心配をしてないって、訳じゃあないんだよ」

秀次は、はっきりと言葉にならない何かを、歯切れ悪く呟いていたが、やがて、よし、と顔を上げ、腕を組んで胸を張った。

「御隠居さん。中ざらえはいつだい」

「あと十と二日だよ」

「それまでに、おいらがひばりさんを探し出して、連れて来てやる」

仙雀の顔の皺が、深くなった。それは、笑い顔とも泣き顔ともつかない、見ていて切なくなるような顔つきで。

秀次は、張った胸を更に自らの拳でどん、と叩いた。

「まかしとけって。簀《す》巻《ま》きにしてでも、連れ戻すからよ」

「お手柔らかに頼むよ」

と応じた仙雀は、幾分か元の軽やかさを取り戻したようだ。

秀次には、こうして人の心を軽くする、不思議な明るさがあるのだ。だから、顔が広いし、頼りない割にあちこちから頼られるのだろう。

それから、ひばりの人相風体や住まい、よく通う場所なぞを、仙雀と話し始めたのを見て、銀太は蕎麦を仙雀に振舞うべく、勝手へ向かった。


仙雀の人探しを請け合ってから五日経《た》った。夜明け前に出て行ってから夜更けまで外を飛び回っていた秀次が、午前《ひるまえ》に血相を変えて『恵比寿蕎麦』へ戻ってきた。

折悪く、と言うべきか、店には常連客三人組に、緋名、貫三郎までが顔を揃えていた。

「おお、秀坊。今度はなんだい」

「女じゃねぇなら、腹でも減って戻ってきたか」

「まずは、おいらたちの蕎麦茹でてくれよう」

常連客は口々に秀次をからかったが、緋名と貫三郎は、秀次のただならぬ様子を見て、顔を曇らせた。

秀次は、貫三郎と緋名を迷うように見、そして銀太に助けを求めるような視線を投げてから、常連客に明るい笑みを向けた。

「重さん達と一緒にしねぇでくれよ。なんでぇ、おいらが茹でた蕎麦を仕事もしねぇで待ってたのかい。仕様がねぇなあ」

普段に輪をかけて楽し気に大声を上げながら、秀次は勝手へやってきた。

そうして、強張った笑みを顔に張り付かせたまま、銀太へ囁く。

「兄ちゃん、大変だ」

「貫三郎にも言えない話か」

弟が、さりげなく貫三郎の視線を避けているような気がして、銀太は確かめた。

秀次が、「分からねぇ」と小さく呟き、店先へ背を向けて早口で続けた。

「ひばりさんは、まだ見つからねぇ。けど、聞き込むうちにとんでもねぇことが分かった。ひばりさんらしい、野郎帽子を被った線の細い、大人しそうな男が、夜、茅町の出逢い茶屋に侍と連れ立って入ってったってんだ。男同士だから、その、目を引いたんじゃやねえかな。その侍ってのが、よう。年の頃は三十の二つ三つ手前、生っ白《なまちろ》い肌に額と頰、口から下を覆う宗十郎頭巾《そうじゅうろうずきん》、この暑いのに袷の小袖に羽織、首には手拭い。左の目元に女みてぇな泣き黒子」

銀太の頭に、はっきりとひとりの侍の素性が浮かんだ。

直に会ったことはない。けれど、心ない噂や、貫三郎の口からよく聞かされ、知っている気になっている侍だ。

「下の、兄君か」

銀太は、唸った。

「兄ちゃんもそう思うか」

秀次が、硬い声で訊いた。

銀太が再び頷く前に、「そうだよな。他にいねぇよな」と、苦し気に呟く。

及川仙之介《せんのすけ》。貫三郎の次兄だ。

「どうする」

秀次が掠《かす》れた声で問う。

貫三郎に伝えるのか、否か、ということだ。

「秀は、どう思う」

訊き返すと、秀次は泣き出しそうに顔を歪《ゆが》めた。

「分かんねぇから、兄ちゃんに聞いてるんじゃねぇか」

もそもそと言い返してから、「蕎麦、上がったぜ」と声をかけて来る。

おう、と返事をし、贔屓客三人組のぶっかけ蕎麦を仕上げ、銀太が持って行った。

秀次は、貫三郎の顔をまともに見られそうにない。

店では、貫三郎と緋名が初めて顔を合わせたとあって、いつになく贔屓客たちがはしゃいでいる。

貫三郎は、重吉達贔屓客と親しく交わって、大工の笑い話へ楽し気に耳を傾けているが、時折もの問いたげな視線を、勝手へ送っていた。

銀太は、ふ、と短く息を吐き、緋名に声を掛けた。

「姐さんも、蕎麦をもう一杯、いかがです」

途端に、贔屓客がげらげらと笑った。

「銀さん、そりゃねぇ。姐さんは女子《おなご》だぜ。蕎麦二杯も食べられるかってんだ」

「加えて、銀さんの蕎麦は腹が膨《ふく》らむからなあ。茹で過ぎで」

銀太をからかっては、また遠慮会釈なく笑い飛ばす。

けれど緋名は、静かに笑んで銀太に答えた。

「蕎麦はさすがに、食べきれそうにないが、そうだな、せんだっての茗荷の卵とじを貰おうか」

銀太は、へい、と頷きながら緋名に目で合図をした。

こちらの意図——話があるから、もう少し店にいて欲しい——は、違《たが》わず緋名に伝わったようだ。

勝手に戻ると、秀次は貫三郎の視線から逃げるように、勝手口に蹲《うずくま》って大福を撫《な》でまわしていた。大福は、気持ちよさそうに目を細めている。人見知りの猫が随分懐いてくれたものだ。

小さく丸まった弟の背中に、銀太は声を掛けた。

「伝えておかなきゃ、ならんだろう」

ぴくりと秀次の肩が揺れた。

銀太は、茗荷を刻みながら小声で続ける。

「姐さんにも、居て貰った方がいい」

「なんでっ」

秀次が、責めるように訊き返した。

調子のよい包丁の音に紛れさせ、銀太は告げた。

「ひばりさんはご隠居の弟子だ。仙之介さんは貫三郎の兄君。その二人で心中うんぬんってのが、気にならないか」

秀次は、答えない。

銀太は言葉を添えた。

「蓑吉と『紅蜆』は、心中したんだぞ」

弟の息を呑む音が、聞こえる。

「何もかも、一時に持ち上がったのも、妙だ。こいつにゃあ、裏がある」

「『三日月会』が何か仕掛けて来てるってのか」

「分からない。分からないが、もしそうなら、味方の間で隠し事は良くない」

長い間《ま》が、空いた。

秀次が迷うのも、分かる。

貫三郎は、次兄を大切に思っている。一方で、仙之介を飛び越えて自分が及川の跡を継ぐことになった負い目も、感じている。

だから、秀次は仙之介のことで貫三郎を傷つけたくないのだ。

だから、秀次が得心してくれるのを、銀太は静かに待った。

茗荷の卵とじを仕上げ、緋名へ持っていこうと勝手を後にした時、小さな声で秀次が言った。

「兄ちゃんが、そう言うならしかたねぇ」

秀次の茹でた蕎麦を平らげ、重吉達は各々の仕事に戻って行った。店に残ったのは、貫三郎と緋名だ。

銀太が秀次に暖簾を仕舞うように言うと、貫三郎の頬が強張った。

小上がりに四人が集まってすぐ、話を切り出したのは貫三郎だった。

「お緋名さんにも残って貰ったのは、『三日月会』の話なんだよね」

貫三郎は、秀次を見ている。秀次は貫三郎と目を合わさない。

溜息混じりに、銀太が答えた。

「まだ、はっきりしちゃあいない。だが、俺はそう思ってる」

貫三郎が、硬い顔で笑った。

「『三日月会』だけじゃあなさそ《そ》う《れ》な気がするけど。一体、何があったんです、兄ちゃん」

銀太は、深く息を吸って、貫三郎に向き合った。

「貫三郎。兄君のことを、お緋名さんの耳に入れても構わないか」

貫三郎は、驚かなかった。

穏やかに笑って、語る。

「及川家の次男、仙之介は、うすぼんやりしか光らない出来損ないの蛍。昼間は屋敷に引きこもり、夜な夜な、顔を隠して江戸の町をふらついている。出来のいい長男が死んでも家督を継げずに、そのことを僻《ひが》んで過ごしている。『兄君のこと』とは、そういう話でしょうか」

「おい、貫三郎」

銀太が窘めるように、名を呼んだ。

緋名は、気遣うように貫三郎を見つめている。

貫三郎は、屈託のない微笑を浮かべ、続けた。

「構いませんよ。及川家次男の、芳《かんば》しくない噂を知っている者は多い。お緋名さんが既に知っていても不思議はないですから。兄ちゃんがそういうのなら、お緋名さんには知っておいて貰った方がいいのだろうし」

緋名が、そっと口を挟んだ。

「けれど及川様は、兄上が噂通りのお方ではないと、信じておいでだ」

貫三郎が、はっとした顔になった。ほんの短い間、顎に「梅干し」が浮かぶ。だがそれもすぐに消え、はにかんだように笑った。

「ええ。はい。とてもいい、兄上です。穏やかで、様々な漢書に通じておられる」

銀太は、まずちらりと弟を盗み見た。

秀次は、及川家の人々を良く思っていない。貫三郎は腹違いの兄や生《な》さぬ仲の義母に虐げられていると言って聞かない。

兄を褒める貫三郎に対し、皮肉のひとくされでも、始まるのではないかと危ぶんだのだ。

だが、秀次はしおらしく押し黙ったままである。事が事だ、さすがに場の気を読んだのだろう。

緋名は、少し居心地の悪い顔をしてから、あの、と貫三郎に声を掛けた。

「お侍様が、町人の女に、そんな丁寧な言葉を使ってはいけません。与力様の体面にも関わります」

「では、他の者の耳がある時には気を付けます。でも、兄ちゃんが、お緋名さんを姐さんと呼んで、礼を尽くしているのに、弟分の俺が無礼という訳にはいかないでしょう」

緋名が、困った顔を銀太へ向けた。

銀太はちょっと笑って、告げた。

「見かけに寄らず、こいつは頑固者でしてね。気の済むようにさせてやってください。迂闊なことは、しやせんから」

緋名が、呆れたように笑った。その笑みは、とても綺麗で、ほんの少しだけ艶めいていた。

「私の周りには、変わったお侍様が集まるのかもしれない。分かりました。及川様のお考えの通りに」

そういえば、緋名が信を置いている隠密廻も、緋名のことを「緋名殿」と呼んでいた。

綺麗な微笑は、あの隠密廻を思い出していたのだろうか。

ちらりと、銀太がそんなことを考えていると、緋名が心持ち目元を厳しくして銀太に訊いた。

「銀さん。及川様の兄上のこと、私が聞かなければいけない話か」

その声音も、あからさまに「今日会ったばかりの他人様の内証に首を突っ込むのは気が引ける」と、告げている。

銀太は、緋名の真っ直ぐな眼差しを受け止め、小さく頷いた。

「奴らが何を仕掛けて来るか分からねぇ。知って貰っておいた方が、いいと思いやす」

貫三郎も面を真摯《しんし》に改めて緋名に向き直った。

「自分で言っておいてなんですが、先刻の噂が兄だと思って欲しくない。聞いていただけますか」

そうですか、と緋名は溜息交じりで呟き、

「及川様がそうおっしゃるのであれば、お伺いいたします」

と応じた。

貫三郎が、にこりと笑って話し始める。

「兄上は、出来損ないの蛍でも病弱でもない。ただ、生まれつき、珍しい病に罹《かか》っているんです」

及川仙之介は、貫三郎の五歳上、銀太と同い年だ。

昼間屋敷に籠って夜にふらふらと出歩く、というのは、確かに間違ってはいない。

仙之介にとって、生まれた時から、お天道様は強い毒なのだ。

部屋に差し込む日の光を浴びただけで、熱を出す。うっかり晴れた日に少しでも外を歩けば、体中に、赤い蚯蚓《みみず》腫れが出来、目を開けられない程瞼が腫れる。

だから昼間は出歩けないし、夜出歩く折にも、念入りに顔や首、柔らかな肌を隠す。仙之介の部屋は日の差さない屋敷の奥で、建具は襖《ふすま》を二重に立てている。

だが、日の光さえ浴びなければ普通に動けるし、普通に暮らせるのだ。

なのに、父――及川の家は、仙之介が「奇病」であると知れれば家名に傷が付くと、「病弱だ」ということにしている。そのせいで、「その割に夜は出歩いているではないか」、とかえって「出来損ないの蛍」呼ばわりを許してしまっている。

緋名が、整った面を曇らせて呟いた。

「昼に出歩けないなら、夜に町へ出るしかないだろうに。だが、そのお身体では、確かに奉行所の御役目は務まらないな」

貫三郎は、返事をしない。

秀次が、やけに薄く軽い調子で口を挟んだ。

「姐さんもそう思うだろう。なのにこいつは、兄上様から家督を横取りしたって、気に病んでるんだ。大体、好きで及川の家に入ったんじゃねぇのによ」

緋名が、姉のような笑みで秀次を宥めた。

「理屈ではそうだろうな。だが、兄上の心裡を慮《おもんぱか》らず、意気揚々と与力のお役を頂戴するような及川様では、ないだろう」

秀次は、目に見えてしゅんとなって、しおらしく頷いた。

「そうだな」

俺に対する口の利き方と違うぞ。相手が俺なら、「そりゃあ、そうだけどよ」か

「そんなの分かってら」、だ。

銀太は、込み上げてきた温かな笑いを、そっと噛み殺した。

おかるに叱られた時の秀次も、こんな風だった。

秀次が、すかさず矛先《ほこさき》を銀太へ向けた。

「何笑ってんだよ、兄ちゃん」

「笑ってやしない」

「笑ってんじゃねぇかよ」

「お前の気のせいだ」

「いいから、肝心な話をしろったら」

こいつ、どさくさ紛れに、俺に話を振ったな。秀次自身が仕入れてきた話なのに。

銀太はじろりと弟をねめつけたが、何も言わず、引き受けることにした。

幼馴染想いで、気の小さい秀次には、荷が重いだろう。

深く息を吸い、貫三郎に向き直る。

「こいつは、まだはっきりした話じゃない。そう思って聞いてくれ」

前置きをして、仙雀の弟子、ひばりが行方知れずになった経緯と、そのひばりらしき男と連れ立って、夜に茅町の出逢い茶屋へ入って行った侍の人相風体を告げた。

貫三郎は、長いこと黙っていたが、やがて痛々しい顔で笑って言った。

「兄ちゃん、はっきりした話も何も。三十少し手前で、口から下も覆《おお》った宗十郎頭巾と首に手拭い姿、左の目元に泣き黒子の侍と言ったら、まず兄上で間違いないでしょう」

銀太は、言葉を探した挙句、「心当たりは」とだけ、問いかけた。

貫三郎は困ったように微笑んでいる。

――まったく、まぬけなんだから。もうちょっと訊き方があるだろう。

おかるの叱責が聞こえるようだ。

それが分からないから、参ってるんじゃないか。

腹の裡でぼやいた銀太を思いやるように、貫三郎が自ら問い返した。

「それは、兄上に衆道《しゅどう》の気があるかどうか、ということでしょうか」

貫三郎の笑みも、穏やかな声音も、何もかもが痛々しくて、銀太は答えられなかった。

ううん、と幼い顔で唸ってから貫三郎が答える。

「兄上は、相手が男でも女人でも、色めいた話には興味がないと思っていました。ただ、心中については、気になることが」

「何だ」

銀太は、思わず勢い込んだ。

貫三郎が少し迷う素振りを見せてから、告げた。

「心中にまつわる書物を、このところ熱心に読みふけっておられたようなのです。その、昔の芝居の筋書きやら、読売やら。父上に見つかり、すべて燃やされてしまいましたが」

「父君は、さぞお怒りだったろうな」

「ええ。まあ」

貫三郎の瞳が、哀し気に揺れる。

元々、及川の家を任せられない、厄介な病持ち息子だ。更に母親が仙之介を溺愛する分、父親は余計に疎《うと》んじている。そう、銀太は貫三郎に聞いたことがあった。

これまで、言葉を選ばず兄のことを語っていた貫三郎が、この期に及んで言葉を濁すほど、口汚く罵《のの》しられたことは、容易く察しがつく。

秀次が、そろりと貫三郎を気遣った。

「おい、大丈夫か」

少し顔色が悪いが、貫三郎は気丈に笑って見せた。

「俺は大丈夫。それより今は、兄上のことだよ。気にかかってたんだ。兄上が好む書物は、漢書がもっぱらなのに。なぜ、心中物になんか手を出したのか」

緋名が、訊ねた。

「直に兄上へ、訊いてみなかったのですか」

貫三郎は穏やかに笑った。

「残念ながら、そこまで腹を割って話せるほど、俺と兄上は仲が良くないんです」

銀太は、腹に力を込めた。

貫三郎の辛さを思うなら、これ以上訊かないで済ませる方がいい。だが、貫三郎の言う通り、今は仙之介のことだ。

仙之介に何かあれば、貫三郎の心に、大きな傷が残る。

「兄君は、屋敷においでか」

「昼の間は、いらっしゃるはずです。毎日御医師が訪ねてきますし、母上も常に気にしておられますから。夜は、多分毎夜出歩いておいででしょう。屋敷に籠ってばかりでは息が詰まるからと、母上がお許しになっていますので。それで、よく父上と言い争いになっていますが。夜に出歩くから、無礼な陰口を利かれるのだ、と」

貫三郎が、頰を引き締めて銀太に訴えた。

「ひばりさんという役者は、心中したい者を探していたんですよね。だったら、兄上が心中を目論《もくろ》んでいるということなのでしょうか。ですが、その理由《わけ》が分からない。及川の家でも、奉行所でも、取り立てて何かが起こった訳でもないのに」

「奉行所って、何だ。兄上さんにゃあ、関わりねぇだろうがよ」

秀次が訊ねると、貫三郎が哀し気に答えた。

「多分、兄上は俺が本役を拝命したら、面白くないのだと思う」

秀次が、しまった、という顔をした。慌てて取り繕うように、陽気な声で貫三郎を叱る。

「ったく、おいらと兄ちゃんを見習えってんだ。何でもかんでも腹ぁ割って話してりゃあ、実の兄弟が妙にこじれることなんざ、ねぇのによ」

なにもかも腹を割って、か。

銀太は、ほろ苦く笑った。秀次は、兄が錠前破りを働いていたことを、知らない。

緋名が、からかうような目でこちらを見ている。

存外、お緋名さんは人が悪い。

そんな思いを込めて、銀太は緋名を見返した。

「おい、兄ちゃん、何姐さんと見つめ合ってるんだよ。ここんとこ、二人とも怪しいぞ。おかるさんに言いつけるからな」

秀次に咎められ、銀太は急いで緋名から目を逸らした。

そんな銀太を見て、秀次は、けけ、と嫌な笑い声を上げた。

「おかるさんの名を出されると、弱《よえ》ぇよなあ、兄ちゃん」

「煩いぞ、秀次」

弟に言い返してから、銀太は貫三郎に声を掛けた。

「なあ、貫三郎。俺は町人だから分からないが、お武家様が世を儚《はかな》む時ってのは、心中を選ぶものなのか」

貫三郎は、軽く首を傾げてから答えた。

「確かに、侍でも腹を切る覚悟は、並大抵ではありません。ですが、心中というのは、いくらなんでも。心中者として死してからも罰せられる恥辱は、選ばないでしょう。ましてや相手は、好いた女子でもなんでもないとなると――」

貫三郎は、探るように銀太を見た。

秀次が、銀太の代わりに打ち明けた。

「兄ちゃんは、『三日月会』が何か仕掛けてるんじゃねぇかって、疑ってるんだよ。ほら、蓑吉と『紅蜆』が、心中で死んだって、なってるだろう」

緋名が、自らの考えを纏めるような口ぶりで呟く。

「蓑吉と『紅蜆』の最期を、及川様の兄上と、湯島のご隠居様のお弟子さんになぞらせようとしている。奴らなら、ありそうな話だな」

貫三郎が、顔色を変えた。

「そんな。『あやめ茶屋』の次は兄上だなんて。俺は、兄ちゃんの言いつけを守って、ずっと大人しくしてたのに」

それから、はっとした顔になって、宙を見据えた。貫三郎には珍しく、双眸《そうぼう》に強い憤りが閃《ひらめ》いている。

「柳下、久吾」

唸るように、貫三郎が上役の新任与力を呼び捨てた。厳しい顔つきと声で呟く。

「見張られている気がしたんだ。私が付いているのは糟屋様なのに、何かと用を言いつけて来る。気が付くと、視線が合うところにいる」

秀次が、貫三郎の顔を覗き込んだ。

「おい、そんな中でへましちゃいねぇだろうな」

貫三郎は口を尖らせて言い返した。

「へまってなんだよ、秀ちゃん」

「こっそり何か調べてるとこを、知られちまった、とかよぉ」

「だから、大人しくしてたって言ったじゃないか。大体、柳下様が『三日月会』の仲間なら、俺のことは先刻承知の筈だろう。今更何を知るっていうんだよ」

秀次が、言葉に詰まった。

貫三郎は、秀次を言い負かして得意げだ。

銀太は堪らず、笑い声を上げた。

「秀次、一本取られたな」

弟は、ふい、とそっぽを向いてしまったが、銀太は構わず話を戻した。

「貫三郎。お前、『三日月会』と蓑吉、『紅蜆』の心中を探るなって言われたんだったな」

「はい」

「その後、柳下様から何か言ってきたか」

「取り立てて、何も」

銀太は、少し迷ってから打ち明けた。

「実はな。柳下様が『恵比寿蕎麦《みせ》』へいらした日、ちょいと探ってみたんだ」

「なんだってぇ」

「なんですってっ」

秀次と貫三郎が綺麗に揃った間合いで喚《わめ》いた。

続いて秀次は、「素人《しろうと》が、ばっかじゃねぇのか」と吐き捨て、貫三郎は青くなって「どうして、そんな無茶なことを」と銀太を責めた。

ちらりと、緋名が銀太を見た。

――素人、ね。

そんな風にからかわれた気がして、銀太は緋名に苦笑いを向けた。

勢いの止まらない秀次と貫三郎を、「小言は後で聞くから」と宥め、銀太は話を進めた。

「白魚橋の袂で、身なりのいい商人と何やら揉めていたんだ。この間話したろう。『冷やししっぽく』二人前の親子連れ」

ああ、と秀次が頷いた。

「やけに幸せそうで、また来てくれるって言ってたお客さんかい。蕎麦茹でてやるのを楽しみにしてるんだぜ」

「その、ご亭主だ。腰には、店へ来た時には確かになかった、牛を象《かたど》った象牙の根付が、下がっていた」

一転、秀次と貫三郎は仲良く押し黙った。

静けさを破ったのは、緋名だ。

「それで。銀さんはその商人を追ったのか」

秀次が、

「姐さん、うちの馬鹿兄ぃを煽《あお》らねぇでくれよ」

とぼやく。

緋名がにっこりと笑った。

「そこで大人しく踵を返す銀さんでは、ないと思ったんだが」

銀太は、ちらりと笑ってからすぐに面を改めた。

「畳町《たたみちょう》、京橋近くの酒問屋、『菊池屋』の主、宇兵衛《うへえ》」

貫三郎が、腕を組んで考え込んだ。

「その宇兵衛という男、ひょっとしたらここを探りに来たのかもしれませんね」

秀次が、「女房と娘を連れてかよ」と言い返しているのが聞こえる。

銀太は、あの時のことを思い返していた。

宇兵衛は、「お会いできて、よかった」と言っていた。

それは、「紅蜆」や蓑吉のような、裏がある物言いではなかった気がする。

ただ、あの幸せそうな様子、ぬくもりだけが、銀太の目の裏と心の隅に残っている。

ずい、と貫三郎が、銀太の方へ身を乗り出した。

「それから、兄ちゃんの周りで変わったことは」

銀太が、我に返って首を振る。

「いや」

「柳下様にも『菊池屋』にも、気づかれてはいませんね」

「ああ。あまり近づかなかったからな。だから、何を揉めてるのか聞けなかった」

「本当に」

しつこいぞ、と思いながら、銀太は殊勝に頷いた。

ほう、と貫三郎が肩の力を抜いた。

心持ち疲れた顔で銀太を下から見上げ、誰にともなく訊ねる。

「やはり、柳下様は『三日月会』の一味で、会は仲間割れをしている、ということなのだろうか。だとしたら、仲間割れの原因《もと》は何だろう」

秀次が、貫三郎に続く。

「それが分かりゃあ、付け入る隙が見つかるかもしれねぇ。その『菊池屋』を探りゃあ、何かでてくんじゃねぇか。せっかく摑んだ敵さんの尻尾だ、離してなるもんかってんだ」

すっかり、宇兵衛が『三日月会』の一味のようになっている。呑気な感慨に浸っている暇なぞないと、分かっている。あの象牙の根付を提げていた以上、宇兵衛も一味であることは、間違いないのだ。

これは、余計な情だ。

胸に湧き上がった寂しさを押し込め、顔を上げると、もの言いたげな貫三郎と目が合った。

貫三郎は、気遣うように銀太を暫く見つめてから、ふ、と顔を逸らし、切り出した。

「いや、やはりここは、直に大物の柳下様に当たるのが得策だよ。妙な回り道をして、相手に時を与えない方がいい」

秀次が眦《まなじり》を吊り上げた。

「『菊池屋』はどうする。うちを探られたんだぜ」

「しばらく、泳がせてみてはどうだろう。その男、店にまた来ると言ったのでしょう」

後ろ半分は、銀太への問いだ。

ああ、と答えると、貫三郎は頷いた。

銀太の心裡を慮ったのだろうか。いや、それにしては、今の貫三郎は、すっかり「八丁堀」の顔つきになっている。

「だったら、こちらが疑ってない振りをして油断させた方がいい。何を探りに来てるのか、引き出せたら儲けものだ」

秀次が、眉間《みけん》に皺を寄せながら頷いた。

「まあ、確かにな」

秀次が頷くのを見て、貫三郎は意を決したように三人の顔を見回した。

「柳下様は、俺が探ります」

秀次が、おい、と貫三郎を止めた。

だが貫三郎は目の据わった顔で、にっこりと笑った。

「大人しくしてたって、俺の周りに奴らの手が伸びる。だったら、こちらから動いた方がいい。それに、一番柳下様に近づけるのは、俺だよ、秀ちゃん」

銀太は、考えた。

危ない役目を貫三郎に押し付けたくはない。

だが、すでに仙之介と、ひばりが巻き込まれている。貫三郎の言うように、相手に時を与えない方がいい。仲間割れで隙が出来ているのなら、尚更《なおさら》だ。

「無茶はするなよ。向こうに知れていようと構わない。こちらは何も気づいていないように振舞うんだ」

貫三郎は、得心の行かない顔だ。

「無鉄砲な兄ちゃんに言われたくないけど、分かりました」

応じた声も渋々で、何か腹積もりがあるようにも見える。

きっと、正面切って柳下に喧嘩を売り、出方を見るつもりなのだろう。

腹が据わった貫三郎は飛び切り頑固で、少しだけ無鉄砲になる。

銀太は、溜息を呑み込み、頷き返した。

元々、自分も柳下を探るつもりでいたのだ。何かあれば、自分が貫三郎を庇えばいい。

秀次が、真剣な顔つきで声を上げた。

「じゃあ、おいらは糸の切れた凧《たこ》みてぇなどっかの次男と、どっかの役者、二人まとめてとっ捕まえて、説教してやる。ご隠居さんとも約束したしな」

貫三郎が、縋るような目で秀次を見た。

「頼んだよ、秀ちゃん。兄上はすっかり日が暮れるまで屋敷からはお出にならないから」

「おう、夜になって、及川様の屋敷から出てきたとこを、こっそり追いかけりゃあいいんだな」

秀次の気軽な返事に、貫三郎はかえってしゅんと項垂れた。

「秀ちゃん、ごめん。本当なら、俺が兄上と直に話をして、お止めしなきゃいけないのに」

「何言ってんだ、馬鹿。屋敷で止めちまったら、ひばりさんの居所が分からねぇ。二人まとめてとっ捕まえてきっちり説教しなきゃ、おんなじことの繰り返しになるだけだ。こういう役は赤の他人がやるのがいいんだよ。なあ、兄ちゃん」

銀太は、顰め面を弟に向かって作って見せた。

「お前《め》ぇ、その説教とやらを俺にやらせるつもりだな」

ところが、秀次は驚くほど真面目な顔で、「んなわけねぇだろ」と言い返してきた。

「そいつは、おいらに任せてくれ」

秀次は、あっという間に仙雀に懐いてしまった。ひばりを弟分のようなつもりで見ているのだろうし、仙雀をあそこまで取り乱させたひばりと、貫三郎に心配を掛けている仙之介に、どうしても直に言ってやりたいことがあるのかもしれない。

銀太は、小さく頷き、いつもよりほんの少しだけ凛々《りり》しい秀次に声を掛けた。

「それじゃあ、仙之介さんとひばりさんは、お前ぇに任せたぞ」

「おう」

「私に、何か手伝うことはあるだろうか」

緋名が、そっと訊いてきた。

銀太は笑って答えた。

「姐さんは、御身内や親しい皆さんに気を配ってくだせぇ」

「でも、それだけじゃあ――」

「これ以上、奴らに切り札を握らせねぇのが肝心なんで」

銀太が言葉に込めた「含み」を、緋名は違わず受け取ってくれたようだ。

「分かった」

静かな返事を遮るように、貫三郎が銀太に問うた。

「これ以上。つまり、兄上とひばりさんは、狙われて踊らされているだけではなく、既に『三日月会』の手に落ちていると、兄ちゃんはお考えですか」

銀太は、小さな間を置いて、「分からん」と答えた。

ふっと、貫三郎が青い顔で笑った。

「分からないが、兄ちゃんはそう見ている、という訳だ」

秀次が、慌てて口を挟む。

「あのな、貫三郎。そうと決まったって訳じゃあねぇんだ。だから兄ちゃんははっきり言わなかったんだぜ」

「分かってる」

貫三郎が、秀次を押さえつけるように、鋭く言い放った。すぐに穏やかな口調に戻して、繰り返した。

「分かってる。俺は大丈夫。大丈夫だから」

それから、銀太と秀次に向かって深々と頭を下げた。

「兄上を、頼みます」

秀次が、ほんの刹那《せつな》泣き出しそうに顔を歪めた。すぐに笑みを作って、景気よく請け合った。

「まあ、大船に乗ったつもりでいてくれや。それよか、兄ちゃん。おいら達をこき使うのはいいとして、兄ちゃんは、何をして下さるんでしたっけねぇ」

銀太は、貫三郎の裏で動いて、柳下の正体を暴くつもりでいる。それを、まさか貫三郎当人の前で言う訳にもいかない。

「俺は俺で、ちょっとした考えがあるんだ」

じとりと、秀次が銀太をねめつけた。

「まさか、大福と遊んですごすつもりじゃねぇよなあ。もしそうなら、兄ちゃんも仙之介さん、ひばりさんと並んで説教だかんな」

五章――闕所《けっしょ》

銀太は、元々「大福と遊んですごす」つもりではなかったが、こっそり貫三郎の手助けをする、という訳には行かなくなってしまった。

風雲急を告げる知らせのうちひとつは、四人で話をした翌日、貫三郎が持ち込んだ。

着流しに編み笠という姿で『恵比寿蕎麦』を訪ねてきた貫三郎は、役目を抜け出してきたから長居はできない、と前置きした上で、銀太を勝手の裏口へ引っ張っていった。

店先では、いつもの通り、大工達常連が、秀次の留守を嘆きながら、うどんを啜《すす》っていたのだ。

「柳下様と揉めていた商人、畳町の酒問屋『菊池屋』主、宇兵衛の方に動きがありました」

銀太は、店先の気配を探りながら、早口で確かめた。

「何かあったのか」

「宇兵衛は江戸払い、『菊池屋』は闕所《けっしょ》となりました」

「なん、だって」

呟いた自分の声が、掠れていた。

店先から、常連客達の景気のいい笑い声が、上がった。

貫三郎も店先を気にしながら続ける。

「小姓組番頭様の御屋敷に納めた酒の銘柄を偽った咎です」

小姓組番頭は旗本が就く役目の中でも要職で、出世の足がかりとも言われている。

「それは、間違いないのか」

「『菊池屋』は身に覚えがないと訴えましたが、通らなかったようです。現に、納められた酒は、一口飲んだだけで分かる安物だった、と」

そんなことをするような人には、見えなかった。

出かかった言葉を、銀太は呑み込んだ。

貫三郎の顔が曇った。

「何だ。まだ何かあるのか」

「内儀が命を落としました」

頭の後ろをいきなり殴られた心地がした。

あの、良く笑う明るい内儀が、亡くなった。

宇兵衛はどうしている。幼い娘は、きっと泣いているだろう。

「なぜ」

貫三郎が、声を潜め、銀太に答えた。

「行方知れずになった後、墨田川、両国近くで浮いているのが見つかりました。誘拐《かどわか》され、殺《あや》められたのかもしれません」

銀太は、はっとして貫三郎を見た。貫三郎が続ける。

「吟味の折に、宇兵衛が訴えていたのを聞いてしまったんです。内儀は誘拐されたのだ、と。聞き入れて貰えませんでしたが」

目の前が、赤く染まるようだった。

おかるの顔が、脳裏に浮かぶ。

銀太は、気を落ち着けるようにゆっくりと息を吐き出した。

「闕所の沙汰《さた》が下ったのは、いつのことだ」

「内々に、今朝早く」

貫三郎が、小さな間を置いて、続けた。

「吟味を行い、沙汰を下したのは、柳下様です」

銀太が貫三郎を見たことに答えるように、貫三郎が囁く。

「やはり、『菊池屋』宇兵衛を始めとする『根付の商人達』と、柳下様との間で、何やら揉めているのではありませんか。内儀は、宇兵衛への脅しに使われた。兄ちゃん、これは千載一遇の好機です」

銀太は、叫びそうになった。

もう沢山だ。

心優しい貫三郎が、幼い子を持つ女の死を「好機」だと、言う。

貫三郎が悪いのではない。貫三郎が『三日月会』に大切な身内を質に取られたのは、二度目だ。敵方の商人一家を気遣っているゆとりなぞ、あるはずはない。

ではこれは、一体誰のせいだ。

「兄ちゃん」

戸惑うように問いかけられ、銀太はようやく答えた。

「何でもない」

「そうですか」

貫三郎は、少し気にするように銀太を見ていたが、慌ただしく奉行所へ戻って行った。ともかく『菊池屋』の沙汰について教えを乞う振りで、柳下に探りを入れるつもりだという。

もう、沢山だ。

先刻と同じことを心中で繰り返し、銀太は、拳をきつく握りしめた。

「おおい、銀さんよう」

大工の重吉の呼ぶ声がして、銀太は急いで店へ戻った。


同じ日の夕暮れ、緋名が『恵比寿蕎麦』に、大福を連れて訪ねてきた。

大福は、いつも勝手口へ回って「旨いもの」を銀太や秀次にねだるのだが、今日は表口、台行燈の脇で、往来を見張るように丸くなった。

緋名の周りがきな臭いことを、感じ取っているのだろうか。

なんだか犬のような猫だ。

秀次はまだ戻っていない。客もいない。緋名は、大福の頭をひと撫でして、店へ足を踏み入れた。がらんとした店を確かめるように見回し、銀太に訊ねる。

「銀さん、まさか錠前破りを考えては、いないだろうな」

何の前置きもなく切り出された物騒な話にぎょっとして、銀太も思わず店の中を見回した。

それから声を潜めて、訊き返す。

「藪《やぶ》から棒に何です、姐さん」

緋名は、銀太の顔をまじまじと見つめてから、ほっとしたように息を吐いた。

「済まない。銀さんが今、それどころではないのは、分かっていた。分かっていたが、どうにも気になって」

銀太は、やれやれ、と肩を竦めた。

「あっしは、そんなに信用なりやせんかい」

緋名は、いや、そんなことは、と言いかけて口を噤《つぐ》んだ。

おいおい、口ごもるのかい。

腹の中のぼやきが聞こえたか、緋名は腹を据えたような目で銀太を見た。

「正直、信用はならない」

「姐さん」

なんだか寂しくなって緋名を呼ぶと、緋名は「そうじゃなくて」と、言葉を添えた。

「銀さんが、自分の為にまた錠前破りに手を染めるとは、思っていない。だが、誰かを助ける為にそれが最善の策だと腹を据えれば、躊躇《ためら》わないのではないかと案じてるんだ」

なんだか妙に照れ臭くなって、銀太は緋名から視線を逸らし、首の後ろを掌《てのひら》で擦った。

「心配していただけるのが、嬉しいのか、ちょいと情けねぇのか、分からねぇや」

「私の心配は、的外れだろうか」

真摯な声で問われ、銀太は緋名を見た。

真っすぐ過ぎる視線に、照れさえも吹き飛んでしまった。ちょっと笑って、正直なところを口にする。

「的は外れちゃあ、いねぇかな。それしか手がねぇんなら、迷うこともねぇ。あっしにゃあその腕がありやすから。助ける誰かが、親しい奴ならなおのことでさ。秀次、貫三郎、湯島の御隠居、重さん達、店のご贔屓さん。それから勿論、姐さんも入ってやす」

何か言おうとした緋名に先んじて、銀太は言葉を続けた。

「けど、今んとこ、まったく身に覚えはねぇんでごぜぇやすよ。姐さんがおっしゃってるのは、先だっての義賊のことですかい」

緋名が頷く。

「義賊の錠前破りが、またなんぞしでかしやしたか」

「本当に銀さんでは、ないんだな」

参ったな。

緋名の心配は、まるで母親のようだ。

母を早くに失くした銀太は、母の面影さえとっくに霧の中だ。それでも、そんな風に思うと、甘酸っぱい何かが、心を満たす気がする。

くすぐったい思いを押さえ、力を込めて緋名へ告げた。

「錠前破りのことで、あっしは姐さんに嘘は吐きやせんよ」

緋名は、それでも暫く腹の裡を確かめるように、銀太の目をじっと見据えていたが、やがて、ほっとしたように「分かった」と応じた。

そして、

「座わらせてもらっても構わないか」

と銀太に訊ねた。

「おっと、姐さんに立ち話をさせちまうなんざ、とんだ不調法だ。どうぞ、いつもの小上がりへ」

相変わらず、客が来る気配のない店の小上がりで、銀太は緋名と差し向かいに腰を下ろした。

緋名が、早々に切り出す。

「その義賊が錠前破りをするらしいという噂が、流れているんだ」

「へぇ、どこの錠前をやるってんで」

緋名が目尻を厳しくした。

「随分、楽しそうだな」

銀太は、微かに狼狽えた。

「滅相もありやせん」

緋名が、苦い溜息を吐いた。

「錠前破りで遊びたいなら、私がこの店に飛び切り手の込んだ錠前を作ろう。それで辛抱しておくんだな」

冷ややかに告げてから、にっこりと極上の笑みを浮かべた。

見惚れる、というより裏に潜んだものが恐ろしい。

銀太は、おどけて緋名の軽口に乗った。

「どうせ、あっしの腕じゃあ一生かかったって開かねぇ。そうおっしゃるんでしょう」

緋名は笑ったまま答えない。開けられるものなら、開けてみろ、ということだ。

銀太は、ひょいと肩をすくめた。

「あっしは、死んだ女房と違って、盗みの趣味なんざありやせんよ」

軽く往なしたつもりの台詞だったが、緋名が哀し気に瞳を曇らせた。

「悪い。銀さんはまだ――」

言いかけて口を噤む。まだ、の先はきっと、おかるのことを忘れられないのか、と続くのだろう。

ふと、思い直したように、緋名は眦を下げた。微かにおどけた顔が可愛らしい。

「悪戯好きの御内儀を持って、さぞ苦労したのだろう」

軽口で紛らわせてくれたのが、ありがたかった。だから銀太も乗った。

「ええ、そりゃもう。いっつもはらはらのし通しでさ」

笑ったり、怒ったり、ふいにしんみりしたり。おかるの、くるくると色合いの変わる顔は、今でも鮮やかに思い出せる。

しかし、と緋名の声に、銀太は我に返った。

緋名が続ける。

「御内儀も、銀さんと同業とは、な。驚いた」

「おや、話してませんでしたっけ」

「盗みの話なぞ、する暇はなかった」

思えば、他の耳目もなしに、緋名と二人じっくり話すのは、初めてかもしれない。

小梅村に緋名の住まいを訪ねたのは、二人とも蓑吉と「紅蜆」の罠に嵌っていた時で、他の話をする余裕《ゆとり》なぞなかった。

このまま、おかるの面白おかしい昔話に花を咲かせたいところだが、そうもいくまい。

銀太は、先刻の問いを繰り返した。

「それで、どこの大店がその錠前破りに狙われてるってんで」

緋名が、微かに頬を強張らせた。

「『菊池屋』だ」

銀太は顔を顰めた。

「『菊池屋』は、闕所になったんでごぜぇやすよね。内儀は亡くなり、主は江戸払い。奉公人には暇を出し、ちっちゃな嬢ちゃんを連れて江戸から去ったとか」

緋名が小さく頷いた。

「『菊池屋』はもぬけの殻、役人が店の蔵の前に始終張り付いている」

「そいつは、妙だ」

迷いなく呟いた銀太に、緋名が「ああ」と応じた。

「蔵の中身を押さえたんなら、さっさと持ち出しゃあいい。大したもんが入ってねぇんなら、わざわざ見張るまでもねぇ。錠前破りの噂があるなら、尚更だ」

それから、銀太は、ふむ、と鼻を鳴らした。

「奉行所の奴らの動きが、妙でごぜぇやすね」

「『菊池屋』は『三日月会』の一味だ。その商人《あきんど》の蔵と聞いて、銀さんは思い出さないか」

銀太はすぐに応じた。

「『亀井屋』ですか」

質屋の『亀井屋』は、『三日月会』の出店であった。緋名の『緋錠前』に護られた蔵で、三日月の夜、悪巧みの会合を開いていた。

「つまり」

銀太は考えながら口を開いた。

「『菊池屋』の蔵には、『三日月会』の悪事に繋《つな》がる何かが眠ってるってぇ訳ですかい」

そこでようやく思い至った。

「そうか。それで姐さんは、『義賊の錠前破り』があっしかもしれねぇと、考えた訳だ」

緋名は、頷く代わりに言葉を添えた。

「どうやら錠前破り自ら、噂を流しているらしいんだ。噂を聞いた物見高い見物人が、今から『菊池屋』の周りに集まってきている」

「その噂ってのを、伺っても」

緋名は、軽く目を伏せ、何かを諳《そら》んじるように告げた。

「『菊池屋』の蔵に隠されたものを頂戴する。黄金好きの妖怪の悪巧みを、お天道様に見ていただく」

銀太は、唸った。

「そりゃあ、噂っていうより、盗人がてめぇの盗みを告げる口上のように聞こえやすが」

「そうだろう。だから、錠前破り当人が広めた噂ではないか、と野次馬達の間では、持ちきりらしい」

「手前ぇの盗み先を前もって広める。随分物好きな盗人だ。あっしにゃあ真似出来ねぇな」

緋名が、軽く首を傾げた。

「そうかな。私は銀さんらしい、と思ったんだが」

「酷《ひで》ぇな」

くすりと、緋名が笑って首を横へ振った。

「物好きと言っているのじゃない。噂を広め、野次馬を集め、不用意に蔵の中の何かを、闇に葬れないよう、手を打ったんじゃないかと考えた」

「そ、そいつはどうも、お褒め頂いて」

しどろもどろに応じると、緋名が顰め面を銀太へ向けた。

「褒めてない。物好きだろうが思案があろうが、無茶には変わりないからな」

銀太は首を竦め「面目ねぇ」と詫びてから、話を戻した。

「一体、何なんでごぜぇやしょうね。蔵の中身」

「おい、銀さん」

緋名が、咎めるように銀太を呼んだ。銀太は構わず続けた。

「妙だと思いやせんか。闕所の御沙汰が下ったんなら、とっとと御闕所奉行様の御指図で、金子に家財を攫《さら》って行っちまうのが普通だ。奉行所は、何をのんびりしてるんだか」

「どうやら、蔵の錠前が開かないらしい」

銀太は、しげしげと緋名の顔を見た。

「姐さんに、お役人の指図は」

緋名は、からくり錠前を知り尽くしている。だから錠前づくりの仕事の他に、開かない錠前を開けて欲しいという仕事も、舞い込むのだそうだ。

例えば、鍵を失くした。例えば、開け方を知っている者が急な病で倒れた。勿論、緋名の錠前を開ける腕前も一品、銀太は足元にも及ばないだろう。

だから、蔵の錠前がなかなか開かないというなら、まず緋名に話が行くはずだ。

けれど、緋名は「いや」と首を振った。

その顔は、あからさまに、腑に落ちないと語っていた。

銀太は、腕を組んで呟いた。

「蔵の中身がはっきりすりゃあ、奴らと決着を付けられるかもしれねぇ」

「罠かもしれないぞ」

ひんやりと、緋名が言った。

銀太は笑って頷いた。

「そっちの目の方が、ありそうでさ。開かねぇ錠前ってのも妙だし、開かねぇのに姐さんに話がこねぇのも妙だ。そこへきて、わざわざ三日月夜に、あっしみてぇな奴が一味の蔵の錠前を破るってんですから」

「だったら――」

言いかけた緋名を、銀太はやんわりと止めた。

「乗っかってみるのも、手だと思いやせんか」

「蔵に見張りを置いているのが、柳下という与力だったらどうする」

「それなら尚更、黙って見過ごすにゃあ惜しい。あの与力様が『三日月会』と関わってる証《あかし》になるってもんだ」

緋名は、長い間黙ったまま銀太を見つめた後、がっくりと項垂れ、ぼやいた。

「この話、銀さんにするのじゃあなかった」

断章――秀次、活躍す

八丁堀組屋敷の片隅。

秀次は、辻蕎麦の屋台に隠れながら、ひたすら及川仙之介を待っていた。

貫三郎の言に従い、及川仙之介の跡を追うために、八丁堀に店を出している辻蕎麦の親爺と仲良くなり、手伝いを引き受けた。及川屋敷が見えるところに店を出すよう頼んだ時は、辻蕎麦の親爺は怪訝《けげん》な顔をしたが、秀次はいつもの調子で丸め込んだ。

妹が、このあたりの屋敷の男に誑かされている。そいつの化けの皮を剝《は》がしてやりたいと、思いつめた顔で打ち明けると、人のいい親爺は、あっさり秀次の頼みを聞いてくれた。

与力といえば、火消しの頭《かしら》、力士と並んで女子に人気の「三男《さんおとこ》」と呼ばれるくらいだ。さもありなんというところだろう。

親爺は、幾度も秀次を諭した。

相手は侍、それも八丁堀だ。くれぐれも直に喧嘩を売るな。どこの女の許へ行くか確かめるだけにしておけ、と。

秀次が殊勝に頷くのを確かめると、親爺はほっとしたように頷き返した。その皺深い顔を見て、秀次の胸は鈍く痛んだ。

今日会ったばかりの秀次を、親爺は本気で心配してくれる。

親爺《おや》っさん、済まねぇ。

秀次は、胸の裡でそっと詫びた。

辻蕎麦の見習いを装い、親爺と共に、時折訪ねて来る客の相手をしながら待ち続け、夜も更けてきた時、及川屋敷の表門が、一人の侍の影を吐き出した。

宗十郎頭巾に羽織、袴《はかま》。見ているこちらが汗をかきそうな形《なり》、貫三郎の兄、仙之介だ。

親爺が、「いけ」と秀次に目配せをする。

秀次は親爺に頷きかけ、仙之介の跡を追った。

昼間は屋敷に引きこもっているとはいえ、相手は侍だ。後をつけているのが知れたら厄介と、秀次は仙之介が闇に紛れる間際まで間合いを取る。

ひばりと会っていた茅町の出逢い茶屋へは、もう姿を見せなくなっているという。

次は、どこで心中の算段をするのだろう。仙之介はどこへ向かっているのか。

そんなことを考えながらさりげなく辺りを見回し、秀次はぎょっとした。
少し離れた後ろに、この暗闇の中、編み笠で顔を隠した侍の姿を見つけたのだ。
提灯もない。共もいない。
すらりとした長身、すっきりした身ごなし。
浪人や貧乏御家人なんかじゃない。
そして、すぐにぴんときた。
理屈でもない。夜目が利いたわけでもない。
それでも秀次は、気づいた。
吟味方与力、柳下久吾。
迷うより先に、足が動いた。
前、仙之介へ向かって疾走《はし》る。
柳下が追いかけてきたかどうかは分からない。
だが、短い間なら、自分の足の速さは飛脚にも負けない。
仙之介に、もうすぐ手が届く、というところで、宗十郎頭巾が驚いて振り返った。
侍だろうが、貫三郎の兄《あん》ちゃんだろうが、構ってられるか。
秀次は、仙之介の腕をとって、早口で告げた。

「逃げろ。早く」

「お前は――」

いきなり町人に腕を掴まれても、仙之介は驚いたように秀次に問いかけるだけだ。

育ちがいいんだか、鈍間《のろま》なんだか。

ちらりと呆れながら、秀次は矢継ぎ早に言葉を浴びせかけた。

「おいらは貫三郎の味方だ。『三日月会』って奴らが、旦那を狙ってる。すぐそこまで迫ってる。ひばりさんを連れて身を隠せ。すぐに行け」

頭巾から覗く瞳が、微かに狼狽えている。

「逃げろ、と言われても、一体どこへ」

ちっと、秀次は舌を鳴らした。世話の焼ける。

『恵比寿蕎麦』は駄目だ。

忙しく頭を巡らせる。

「とりあえず、湯島のご隠居さんを頼れ。ひばりさんが知ってる。ご隠居さんに、『恵比寿蕎麦』の弟の頼みだっていやあ、ご隠居さんは助けて下さる」

まだ戸惑っている風の仙之介の腕を更にぐい、と引き寄せ、その眼を間近に引き寄せて、まくし立てる。

「心中だろうが切腹だろうが、勝手にしやがれ。だが、『三日月会』にとっ捕まったら、手前ぇの望む死に方さえ、許して貰えねぇぞ」

戸惑っていた瞳に、ようやく切迫《せ》した光が灯った。

秀次は、仙之介の腕を放し、急かした。

「早く行け。いいか、間違ってもひばりさんを見捨てるなよ。旦那ひとりで行ったって、ご隠居さんは匿《かくま》っちゃくれねぇ。おいらだってただじゃおかねぇからな」

「分かった」

短く答え、仙之介は駆け出した。

貫三郎の話では、夜ふらふら出歩くだけで、大した鍛錬もしていないはずなのに、存外しっかりした走りっぷりだ。

仙之介の背中が、瞬く間に闇に溶けたのを見届け、秀次はゆっくりと後ろを振り返った。

少し離れたところで、編み笠の侍は腕を組み、立っていた。

そこから秀次と仙之介の遣り取りを、侍は黙って眺めていたようだ。

道理でなかなか追いついてこなかったはずだ。

ふ、と息を抜いた途端——。

まずい。今になって臆病の虫が騒ぎ出しやがった。

がくがくと笑い始めた膝を叱りつけ、ぎゅっと両の拳を握りしめ、秀次は侍へ近づいた。

間違っても太刀が届かないところで足を止め、秀次は口を開いた。

「今宵は、月が綺麗でごぜぇやすね」

言葉尻がひっくり返ったが、自分にしては上出来だ。ちゃんとした言葉になった。

侍は、編み笠を指でくい、と押し上げ、ちらりと空を見上げると、低く応じた。

「どこにも月は見当たらねぇがな」

そして、編み笠を脱いで一歩近づく。

やはり、柳下だ。

秀次は三歩下がりながら、空を見上げた。

今になって、空に月がないことに気づいた。

「蕎麦屋」

「そ、蕎麦屋はあっしじゃねぇ。兄の銀太でさ」

柳下は、少し苛立《いらだ》ったように、同じことだ、と吐き捨ててから凄《すご》んだ。

「どういうつもりだ」

ひえぇ。

腰が抜けそうになるのをどうにか堪え、もう二歩下がる。

「下がるな」

柳下に脅され、一歩戻った。

ふう、と柳下が呆れたような溜息を吐き、首を傾げた。

「言え。どういうつもりだ」

繰り返され、秀次はからからに乾いた唇を舐《な》めた。

「だだだ、旦那こそ、あっしに、何の御用で」

「惚《とぼ》ける気か」

短い間の後、柳下がふ、と笑った。

「今にも、気ぃ失いそうな顔してるくせに、いい度胸じゃねぇか」

惚けた訳でも、いい度胸な訳でもないんでさ。ただ、もう、おっそろしくて、おっそろしくて、声が出ねぇだけで。

秀次は、腹の中で必死に訴えた。

いきなり、柳下に間合いを詰められ、ぐい、と片手で胸倉を摑まれ、秀次の喉からようやく、声が出た。

「ひぃ、お助け」

柳下が、にやりと笑んだ。

ざあっという、自分の血の気が引く音を、秀次は聞いた気がした。

柳下は、秀次の耳元に口を寄せ、兄の銀太に負けないいい声で、囁いた。

「蕎麦屋。お前《め》ぇが余計なことをしたんだぜ。その始末は手前ぇで付けろ。せいぜい、あいつらを庇ってやるんだな」

突き飛ばすように、胸倉から手を離され、秀次はその場に尻餅を付いた。

柳下は、手にしていた編み笠を被り直し、踵を返した。思い出したように立ち止まり、秀次へ楽し気に告げる。

「お前ぇの兄ちゃんに言っとけ。近いうち、会いに行くってな」

去って行った柳下の姿が見えなくなっても、秀次は立ち上がることができなかった。

一刻も早く、このことを銀太に伝えなければ。ご隠居さんにも知らせなければ。

そうは思っても、体が言うことを聞かない。

秀次は、夜空に向かって訴えた。

「兄ちゃん、腰が抜けて動けねぇ。迎えに来てくれよぉ」

六章——兄

夜四つの少し前、木戸が閉まる間際になって、秀次が這《は》いずるように『恵比寿蕎麦』へ戻ってきた。

慌て、怯《おび》えている秀次からようやく何があったかを聞き出し、銀太は立ち上がった。

「ど、どどどこへ行くんだよ、兄ちゃん」

「湯島だ」

柳下が仙之介を狙っていたとなれば、早晩、仙雀の住まいは見つかってしまう。

その前になんとかしなければ。

「おいらも行く」

「お前ぇは店にいろ」

「ご隠居さんとこへ行けって言ったのは、おいらだ」

「秀次の足が元通りになるのを、待ってる暇はない」

銀太の言葉に、秀次は勢いをつけて立ち上がった。

大きくふらついた足を、ぐいと踏ん張り、二度、三度と、両手で自分の頰を挟むように勢いよく叩き、よし、と頷く。

「膝が笑ってるのを差っ引いても、兄ちゃんより足は速ぇぞ」

銀太は、強がる弟へちらりと笑って見せてから、「いくぞ」と促した。

木戸番に小銭を渡して、脇の木戸から抜けさせて貰い、銀太と秀次は湯島の仙雀を訪ねる。

仙之介とひばりが来ていないことを知り、秀次は狼狽えたが、探しに出ようとしたところで、ひばりに連れられるようにして、仙之介がやってきた。

貫三郎への知らせは、仙雀の身の回りの世話をしている小六《ころく》が引き受けてくれた。

小六は、元は目明しだったそうで、仙雀が短く指図すると、万事心得ている様子で頷き、出かけて行った。

一階の稽古場に、仙雀、ひばり、仙之介、銀太と秀次、五人が集まった。

上座に仙之介、少し下がった傍らにひばり、二人に向かうようにして仙雀、銀太、秀次と並んで腰を下ろす。

仙雀が、穏やかだけれど有無を言わさぬ声音で、仙之介を促した。

「まずは、その頭巾をお取りくださいましな。お顔を見ながら、お話しさせてくださいまし」

仙之介は、暫く動かなかった。だが、仙雀に話を進める様子がないことを悟ったか、ゆっくりと宗十郎頭巾を脱いだ。

線が細いが、目元は貫三郎に似ているな。

銀太は、初めて見る貫三郎の兄の面差しに、そんなことを思った。

仙雀が、ふ、と笑ってからすぐに面を改め、手を付き、深々と頭を下げた。

「この度は、あたしの弟子、有島ひばりがご厄介をおかけいたしまして、誠に申し訳ございません」

ひばりが泣き出しそうなほど狼狽え、「お師匠様」と、仙雀に取りすがった。

だが、ひばりよりも狼狽えたのは、仙之介だった。

「ご隠居。頼む、顔を上げてくれぬか。ひばりを引き込んだのは、某《それがし》だ」

ひばりが、真っ青になって首を振る。

「いえ、そんな。あたしがもうちょっとしっかりしてたら、こんな大事にはならなかったんでござんす」

このままだと、三人の「詫び」争いがいつまで続くか分からないな。

銀太は、小さな溜息を吞み込み、割って入った。

「皆さん、気持ちは分かるが、敵が動く前に何か手を打たなきゃならねぇ。ここもおっつけ奴らが嗅《か》ぎつけるでしょう。旦那、ひばりさん。何が起きてるのか、話しちゃ貰えやせんか」

銀太が口を挟んだ途端に、仙之介の気配がぴりりと尖った。

「なぜ、蕎麦屋に話さねばならん」

仙之介は存外、折り目正しい、いい奴なのかと思っていたが、それは匿ってくれたひばりの師匠に対してのみ、ということらしい。

銀太はほろ苦く考えたのみだが、秀次はかちんときたようだ。

「一体、誰が助けてやったと思ってるんだ」

「何っ」

「そんなに、貫三郎の奴が憎たらしいかい、兄上さんよ」

「そなたらには、関わりなきこと。口を出すな」

「そうはいかねぇんだよ」

止めようとした銀太の気配を察し、弟は仙之介を睨みつけたまま、訴えた。

「いや、ここはどうでも、貫三郎が来る前に言わせてくれ、兄ちゃん。関わりねぇとか、ほっとけとか、拗《す》ねた子供《がき》みてぇな御託《ごたく》を聞いてる暇はねぇんだろ」

銀太は、くすりと笑った。

確かに秀次の言う通りだ。銀太が辛抱強く宥めるより、歯に衣着せぬ秀次に任せた方が話が早いかもしれない。

分かった、という意味を込めて黙ったままでいると、秀次はずい、と仙之介へ近づいた。

「いいかい、兄上さん。貫三郎はなあ、『あやめ茶屋』の小母さんの大《で》ぇ事《じ》な息子、爺ちゃん婆ちゃんの可愛い孫で、おいらと兄ちゃんの、大ぇ事で可愛い、幼馴染だ。及川様にかっさらわれたって、それは何も変わっちゃいねぇ。だから、あいつが虐《いじ》められてるなあ、関わりねぇことなんかじゃねぇんだ。いいから、まずこっちの話を聞けったら。兄上さんにとっちゃあ、町方で生まれ育った訳の分からねぇ弟がいきなり現れて、横から家督をかっ攫って行きやがった、ってぇことなんだろうが、おいら達から見りゃ、まったく逆さだ。兄上さんたちさえ、ちゃんと手前ぇの家を継いでくれてたら、今だって、貫三郎はおいらたちと一緒に仲良く、気ままに暮らせてたんだ。肩身の狭い継母やら小舅《こじゅうと》のいる侍の家で、窮屈な役目なんざ押し付けられずに、済んでたんだよ」

分かったか、この野郎、と、ここだけは小さく呟き、秀次は一旦口を噤んだ。

秀次の少々長すぎる啖呵《たんか》を聞いているうちに、仙之介の顔からはみるみる血の気が引いて行った。

傍らに置いた太刀を手にしはしないかと、正直銀太ははらはらしていたのだ。

だが、仙之介はぎゅっと唇を嚙んで秀次を睨んだきり、まったく動こうとしなかった。

「あの――」

そこへ、おずおずとひばりが口を挟んできた。

「何だよ」

憤りが収まらない秀次に、乱暴に問い返され、ひばりは怯《ひる》んだように首を竦めたが、また、あの、と続けた。

「若様、いえ、旦那は、弟君を虐めてなぞ、おいでではありんせん。そりゃあ、込み入ったお気持ちは抱えておいでですけど、決して、貫三郎様が家督を奪ったと、恨んでおいでな訳では——」

必死で訴えるひばりを、仙之介が軽く手を上げて遮った。

「ひばり、庇ってくれずとも良い。貫三郎が疎ましかったのは、本当の話だ」

先刻銀太に向けた刺々《とげとげ》しさを収め、仙之介は言った。

秀次が、戸惑ったようにひばりと仙之介を見比べている。

仙之介が続ける。

「だがそれは、いきなり及川の家へ迎えられ、後継ぎとなったのが町人として育った腹違いの弟だからではなく、亡くなった兄上の代わりを務められるあ奴が、うらやましかったからだ。この身体さえまともであれば、儂《わし》が兄上の意志を引き継ぎたかった。ただ、それだけだ。貫三郎が憎い訳ではない。血の繋がった弟だからな。それに、仮に貫三郎がおらなんだとしても、儂に吟味方与力の御役目が務まった訳ではない。むしろ、儂の代わりに苦労をかけて、済まないと思っている」

「兄上——」

ふいにかけられた、か細い声に、皆が一斉に顔を上げた。

そこには、着流し姿の貫三郎が立ち尽くしていた。

顎にはお決まりの泣き顔の印、「梅干し」がくっきりと刻まれていて、じっと兄の仙之介を見つめていた。

一方の仙之介は、貫三郎を認めると、「しまった」という顔になり、ふい、と他所へ顔を逸らせた。

先刻、銀太に向けたのと同じ刺々しさを纏う。

「これはこれは。出来の悪い身内が、及川家ご当主殿に厄介をおかけして申し訳ござらぬな」

纏った刺々しさと同じほど辛辣《しんらつ》な、声音、物言い。

食ってかかりかけた秀次を、銀太は目顔で諫《いさ》めた。

貫三郎は、一度、ぎゅっと顎の皺を深くすると、仙之介へ静かに声を掛けた。

「及川の家の要《かなめ》は、今でも父上です」

「だったら、儂はお前の指図は受けずともよい、ということだな。連れ戻しに来たのなら無駄だぞ」

くすりと笑ったのは、仙雀だ。

「そりゃ、今更遅すぎにござんすよ、仙之介様。貫三郎様は、すっかりお前様の本心から出たお言葉をお聞きになっちまったようでござんすからねぇ」

心許ない灯りの中でも、仙之介の頬が紅に染まったのが分かった。

どうぞ、中へと仙雀に促され、貫三郎は一礼をして仙之介の向かい、秀次と銀太の間に腰を下ろした。

貫三郎の奴、嬉しそうだな。

銀太は、そう思った。

さしずめ、「顎の梅干し」は嬉し泣きの印ということか。

しんみりと、貫三郎が語った。

「ずっと、兄上に申し訳ないと思っていました。及川の家へ入ってから、父上にも義母上《はは》にも良くしていただきました。奉行所でもお役目を頂き、亡き兄上の御遺志を少しなりともお継ぎせねばと、至らないながらも精進してまいりました。けれど、そのすべてが、きっと仙之介兄上にとって、目障りなのだろうと思っておりました。本当なら、ここは、兄上がお立ちになっているべきところだから。だから俺を遠ざけておいでなのだろう、と。ですがそれは、勘違いだった。兄上、もっと、話をいたしませぬか。兄上の御心、御考えを俺は知りたい。出来の悪い弟を、お助け頂けませぬか」

じりじりとする、けれど決して重たくはない静けさが、座を満たした。

辛抱が利かなくなって、尻をもぞもぞさせ始めた秀次の太腿を、銀太は抓《つね》ってやった。

やがて、細く長い息を、仙之介がゆっくりと吐き出した。

心持ち俯き加減で語る声は、少し掠れて、硬く響いた。

「お前を目障りだと思ったことは、一度もない。先刻、疎ましいと申したが、それよりも眩しかったという方が正しいのだ。はた迷惑なほどの明るさや、真っ直ぐさが、眩しかった。儂は光が苦手だ」

「兄上――」

感極まったように呟いた貫三郎を、秀次がこそりと茶化した。

「本当に泣くんじゃねぇぞ」

「泣いてないったら」

慌てたように、貫三郎が強がる。

仙之介が顔を上げた。遠い目をして言葉を継ぐ。

「儂はこの通り、日の光を浴びることができない。だが、父上、母上と笑いあう貫三郎を見ていると、日の光とは、きっとこんな風に、眩しく、暖かいものなのだろうかと、感じられた。遠ざけていたのは、思うに任せぬこの身が情けなく、お前に軽んじられるのが、その、辛かったからだ。亡き兄上のように慕われることが叶《かな》わぬなら、いつそのこと遠ざけてしまえ、と」

「おい、貫三郎、泣くなよ」

秀次の囁きに、「煩いったら。しつこいよ、秀ちゃん」と言い返した貫三郎の声は、心なしか、湿っていた。

ようやく、仙之介が貫三郎を見た。

「儂は、お前の役になぞ立てぬよ」

貫三郎が、仙之介へ身を乗り出した。

「そんなことは、ございません。俺はまだまだ、未熟です」

仙之介が笑って首を横へ振った。

ふいに、ころころと仙雀が笑った。

「お二人とも、可笑しなことを仰《おお》せだねぇ。いいですか、旦那方。身内、血を分けた兄弟の間に、役に立つかどうか、なんて物差しは、要《い》りゃしないんですよ」

貫三郎が、仙雀を見遣り、それから憑《つ》き物が落ちた顔で、小さく二度、頷いた。

「ご隠居のおっしゃる通りです。兄上、そうはお思いになりませんか」

と、仙之介が、ふい、と貫三郎から、顔を逸らした。

「儂の顔を、あまりじろじろ見るな。照れ臭い」

貫三郎が、楽し気に笑った。

「いいではありませんか。俺は兄上の御顔を、今まであまり見せて頂けなかったのですから」

「ふん。勝手にしろ」

銀太は、やれやれ、と苦笑い交じりを堪えた。なんとも面倒な兄弟だ。

秀次が、ちらりと銀太を見てから、仕様がねぇなという風に、和やかな兄弟の間に割って入った。

「仲直りなすったんなら、話を戻しちゃあ頂けやせんか、旦那方。こちとら、揃って尻《けつ》に火がついてんだ」

皮肉交じりの言い振りに、貫三郎は恨めし気な顔をしたものの、すぐに頷いた。

目元をきりりと引き締め、仙之介と向き合う。

「兄上。なぜ、どういった経緯でひばりさんと、相対死をしようとお考えになったのです」

仙之介が、出し抜けに貫三郎へ向かって、深々と頭を下げた。

「済まぬ、貫三郎」

「兄上、俺は理由《わけ》が知りたいだけなんです」

「心中のことではない。儂は、お前に顔向け出来ない真似をしてしまった」

貫三郎は、銀太を見、秀次を見、そして、その視線を実の兄に戻した。

「どういう、ことです」

ほんの小さな間を空けて、仙之介は打ち明けた。

「儂は、『三日月会』と通じておった」

座が、凍り付いた。

子供のように取り乱した貫三郎を宥め、辛そうに縮こまった仙之介から、銀太はなんとか話を引き出した。

切っ掛けは、夜中のそぞろ歩き、ふと見かけた辻蕎麦に立ち寄った時のことだったという。

＊

仙之介の病は、陽の光さえ浴びなければいい。だから夜は他の者達と変わりなく出歩けるものの、幼い頃から、明るい光そのものを避けることが身についてしまっていた。

うっかり日の光を浴びれば、幾日も寝込まねばならぬし、肌に浮いた蚯蚓腫れは、激しい痒みを伴う不快この上ないものだ。日の光でなければ大丈夫だと頭では分かっていても、どうしても光自体を避けてしまう。夜も頭巾を被り、蚯蚓腫れが出来やすい首は夏でも手拭いを巻いて庇った。

そんな風だから、夜、出先で飲み食いをしようと思っても、いくつもの灯りを灯した居酒屋には寄る気がしない。小腹が空くと、辻蕎麦に声を掛け、屋台から離れた暗がりで蕎麦を手繰るのが、仙之介の常であった。

その時も、京橋近くまで来たところで、旨そうな匂いに誘われて辻蕎麦に足を向けたが、折悪しく、酒を過ごしたらしい賑やかな町人が三人、屋台を囲んでいた。

仕方ない。客がいなくなるのを待つか。

仙之介はそう考え、辻蕎麦から少し離れて京橋川の畔《ほとり》の柳に背を預けた。

闇の中、時折微かな光をはじいて揺らぐ水面を、ぼんやりと眺めていると、蕎麦の匂いと共に、人の気配が近づいてきて、仙之介は振り返った。

人好きのする笑みを浮かべた男が、手にしていた掛け蕎麦の器を、すい、と差し出してきた。

仙之介は受け取らずに、じろりと男を見返すと、男はにぱっと笑みを深くした。

「あれじゃあ、どんなに旨そうな匂いをさせてたって、寄りたかあ、ありやせんよねえ」

囁きながら、顎でやかましい辻蕎麦の酔客たちを指す。

「何の用だ」

仙之介は、むっつりと男に訊ねた。

男は町人の形をしていたが、放つ気配の鋭さは、むしろ武家に近いものだ。

男は、ずい、と蕎麦を仙之介の前に、もう一度押し出した。

出汁のきいた汁のいい匂いが、頭巾を通して鼻を擽《くすぐ》る。

「伸びねぇうちに」

手を出さない仙之介をあおるように、

「妙なものは、入れちゃあいやせんよ」

と言われて、仙之介はむっとした。

たかが蕎麦一杯に、怖気づいているとは思われたくなかった。

「貰うとしよう」

言いながら蕎麦代を渡そうとすると、男は笑って首を振った。

「こいつは、あっしから」

「そうか」

男へ短く返事をして、頭巾を取り蕎麦の器を受け取る。すると、

「こいつは、驚いた。そんな男前を頭巾で隠すなんざ、勿体《もったい》ねぇ」

おどけた町人の台詞は、なぜかすんなりと仙之介の心の柔らかなところまで落ちてきた。

普段は、何を褒められても、どんな皮肉か、あざけりかと、苛立ちしか覚えなかったのに。

そんなことを考えながらかけ蕎麦を手繰る。

すきっ腹に、濃い味の汁が染み渡るようだ。

一気に、汁一滴まで平らげ、仙之介は息を吐いた。

「馳走《ちそう》になった」

告げると、男は小さく笑った。

「旦那は律義だねぇ」

言いながら、空の器を取り上げ、蕎麦の屋台へ戻しに行く。屋台では、相変わらず

上機嫌の酔客達が居座っている。

仙之介は、軽く舌打ちをした。

辻蕎麦で長居をするなぞ、野暮《やぼ》な男どもめ。

心中でそっと吐き捨てながら、頭巾を被ろうとしていたところへ、先刻の男が戻ってきたので、驚き、身構える。

人懐こい笑みを湛《たた》えてこちらを眺めている男へ、仙之介は訊ねた。

「それで、お主は儂に何を求める」

男が目を丸くし、すぐに明るい笑い声を立てた。

「蕎麦一杯で、お侍様に何かお願いできるたあ、あっしも思っちゃあいやせんよ。ただ、面白いお人だなあ、と思っただけで」

仙之介は、戸惑った。

「面白いとは、初めて言われたぞ。薄気味悪いと指をさされたことはあるが」

ふっと、男が笑う。

「そいつらは、見る目がねぇだけでごぜぇやしょう」

「儂自身は、何も面白いことなぞ、ありはしないのにか」

なぜ、そんなことを口走ったのか。仙之介には分からなかった。

言うのではなかった。

すぐに思い直し、「忘れてくれ」と言い置いて、踵を返した。

次の夜、八丁堀界隈をそぞろ歩いていると、同じ辻蕎麦の近くで、またその男が声を掛けてきた。

昨夜の蕎麦の礼だ、と、今度は仙之介が蕎麦代を払った。

男二人、柳の下でかけ蕎麦を啜り、すぐに分かれた。

二日置いた夜にも、男と出逢った。

偶然は三度続かない。男に目論見があるのは明らかだ。

仙之介は、腹を据えた。どうとでもなれ。今が変わるのなら、それが地獄を見ることになろうと、構わない。

半ば自棄《やけ》のように、考えた。

「何が望みだ」

蕎麦を手繰りながら、訊く。

「儂が、及川の穀潰《ごくつぶ》しだと知って近づいてきたのだろう。用があるならさっさと申せ」

男はもう、誤魔化すことはしなかった。

微かな笑みを口の端に浮かべながら、男は訊いた。

「旦那は、穀潰しのままで居てぇとお思いですかい」

仙之介が黙っていると、男は、京橋川の畔へ仙之介を促してから、話を続けた。

「ただ、お天道様に当たれねぇ病だってぇだけで、その眼力や肝の据わりっぷりを腐らせるなあ勿体ねぇ。あっしの主が、是非、旦那に力を貸していただきてぇと、申しておりやす」

「悪事に手は貸さぬ」

「悪事じゃあござぇやせん」

「その主と言うのは何者だ」

今度は、男が黙る番だった。仙之介は畳みかけた。

「悪事を企《たくら》んでいるのではないのなら、申せるはずだ」

小さな間を置いて、男が答えた。

「お名は明かせやせんが、北町奉行所の与力様でごぜぇやす」

「弟か」

すぐに、その問いが出た。

男は、目を丸くして仙之介を眺めてから、あはは、と豪快な笑い声を立てた。

「助役なんて下っ端じゃあ、ありやせんよ。おっと、弟君に向かって、こいつはご無礼いたしやした」

仙之介は、「構わん」とぶっきらぼうに告げた。

ほんの少しだけ、胸がすく思いを味わったのが、我ながら可笑しかった。

「お主は、何者だ」

「あっしのことは、八《はち》、とお呼びくだせぇ」

八兵衛なのか、あるいは、権八あたりか。それさえも告げないつもりらしい。仙之介は、語気に棘を孕《はら》ませて訊き返した。

「名を聞いたのではない。お主、町人ではなかろう」

男——八は、町人そのものの仕草で首の後ろをこすりながら、「参ったなあ」とぼやいた。

「あっしは、かつて隠密廻を拝命しておりやしたが、ちょいとしくじりやしてね。どうにか命は助かったが、素性が敵に知れちまったってことで、御役目も解かれちまいやした。そこを、今の主に拾われたって訳で」

仙之介は、鼻を鳴らした。自分の眼力も、まんざら捨てたものではない。

「それで、八の主は、儂に何をさせたい」

八の話では、奉行所が表立って追えない悪事を、その与力が探っているのだそうだ。

八は言った。

「主の働きで、今までのさばってやがった悪党達は、震えあがってまさ。ただ、主の手足となるお人が、足りねぇ」

「儂は、おぬしのように町人に身をやつしたりはできぬぞ。昼も出歩けぬ」

「そういう真似は、あっしにお任せを。旦那は夜の間だけ、その眼力と胆力で、悪党共の悪巧みを見抜いて欲しいってことで。どうです、闇与力様」

ざわりと、胸が高鳴った。

自分には、一生許されることがないと思っていた、呼称。

上擦りそうな声を、懸命に抑えて、仙之介は皮肉を口にした。

「主が与力殿なのに、儂も与力では示しがつかぬであろう」

「なんの。与力様にも色々おいでですから。弟君のように」

闇与力、という呼称が、仙之介の心を絡めとった。

気づけば、

「まずは、何を探ればよい」

と、訊ねていた。

八が笑った。

その笑みに、これまでとは違う色合いが混じっていたことを、仙之介は重く受け止めなかった。

自分でも、奉行所の役目が務まる。

与力と、呼んで貰える。

仙之介は、浮かれていた。

＊

銀太は、静かに確かめた。

「その与力様とやらが、『三日月会』の一味だった、ってぇ訳でごぜぇやすか」

仙之介が苦々しい面持ちで頷いた。

貫三郎が身を乗り出した。

「では。では、兄上は、それと知らず『三日月会』に力を貸されていた。奴らにたばかられていたと、そういうことでございますね」

縋るような物言いに、仙之介が寂し気に笑った。

「それは、言い訳にならぬよ、貫三郎」

「兄上」

「儂は、『お前を目障りだと思ったことは、一度もない』と言った。その言葉に偽りはない。だが、もし儂が『お前』だったらしたいことが沢山ある。そんな夢は、幾度も見ていたのだ。その欲に付け込まれた。我ながら情けない。眼力と胆力があるとほめそやされ、与力と呼ばれることに、舞い上がってしまった」

「兄上、それは――」

言い返そうとした腹違いの弟を「貫三郎」と、仙之介が静かに遮った。微かに遠い目をして、打ち明ける。

「儂は楽しかったのだ。初めて、この足で立って生きている心地がした。たとえ闇に紛れていても、代々北町与力を拝命している及川家の男として成すべきことを成している気になっていたのだよ」

仙之介の目元に浮かんでいた微かな柔らかさが、ふいに消えた。相貌に厳しい光が閃く。

「その面目を潰しているとも知らず。いい気なものよ」

「やはり、貫三郎様と御兄弟でおいでだ」

呟いた銀太を、仙之介が見た。

「弟が居心地悪そうにしている。いつもの通り呼び合ってくれ」

銀太は、ちらりと貫三郎を見やってから軽く頭を下げた。

「儂と貫三郎が、似ている、か。確かに、陽と薄暗い星ほどには、似ておろうな」

銀太は即座に言葉を添えた。

「よく似てらっしゃいやすよ。御役目に向き合う真っ直ぐさ。正しいものを追う真摯さ」

ふ、と仙之介は笑った。その息には少しだけ荒んだ音《ね》を含んでいた。

「正しいものを追っておれば、『三日月会』に謀《たばか》られもせず、心中騒ぎなぞに、ひばりを巻き込んだりもせぬ」

銀太は、構わず続けた。

「そして何より、少しばかり無鉄砲なところと、こうと決めたらとことん頑固になるところ」

仙之介が目を瞠《みは》った。そしてふいに明るく笑う。貫三郎が驚いたように兄を見遣った。

「無鉄砲に頑固、か。確かにな」

銀太は告げた。

「正しいことを追い求められたからこそ、その『与力』の正体を知り、苦しまれたのでございやしょう」

また、仙之介が笑った。荒んだ色は見えない。

「この思いが正しいというのなら、それは今まで『三日月会』の手先として動いていたからであろうな。少なくとも儂は、正しいと思うていた。一度知ってしまった、『正しいことを追う』心地の良さは手放せぬ、ということだ」

自らに対しての皮肉も、どこか清々《すがすが》しい。

銀太は、仙之介の心がようやく芯からほぐれたのを見定め、話を『三日月会』に戻した。

「その与力の素性はお分かりですかい。素性が無理なら、人相風体」

仙之介は力なく首を横へ振った。

「ずっと、八を介して指図を受けていたから、その与力が何者なのかは皆目」

「八と繋ぎを取るのは、どうやって」

「三日に一度、夜の八つ頃、八丁堀の近くにいる辻蕎麦で落ち合うことになっていた」

「八って奴が仙之介様に声を掛けてきたのは、いつの頃ですかい」

「半年ほど前になるか」

貫三郎の顔が、硬くなった。

まさか、自分の生家、『あやめ茶屋』が『三日月会』に嵌められた騒動に、仙之介が関わっているのではないか。そう危ぶんだのだろう。

銀太は、さりげなく訊いた。

「例えば、どんな御役目だったんですかい。その、闇与力様の御役目は」

仙之介は、思い返すような顔で首を傾げた。

「今から思えば、妙な役目であったような気がする。もっぱら、羽振りの良い商人の振る舞いに気を配れ、という指図だった」

目の端で、貫三郎が安堵の溜息を零すのを捕えてから、銀太は確かめた。

「ひょっとして、帯に象牙でできた獣の根付を下げている商人じゃあ――」

「そういえば、随分変わった根付をしておると気になったことが、幾度かあったな。猪や鹿、熊――。暗がりでもほの白く光をはじいていたから、象牙と言われれば、得心がいく」

銀太は、秀次、貫三郎と視線を交わした。

半年も前、自分達が関わるずっと前から『三日月会』には亀裂が走っていたのか。

いや、その与力が疑り深い性質《たち》ということもある。

仙之介の話では、商人達は、あるいは阿漕な商いをしている、あるいは公儀の目を盗んでご禁制を扱っている、またあるいは、盗人一味の隠れ蓑《みの》になっている、と、その都度、探る理由《わけ》は様々だったそうだ。

もっとも、仙之介が確かな証を摑めたことはなく、その商人達の動きを、事細かに八に伝えるだけに留まっていた。

八に、さすが目の付けどころが違う、そういうちょっとした動きを待っていた、と持ち上げられ、得意になっていた自らが情けないと、仙之介は嗤《わら》った。

貫三郎が、怒りを抑えた声で、銀太と仙之介の話に加わった。

「兄上が、確かな証を見つけられなかったのも、無理はありません。そ奴らは、盗人一味でもご禁制破りでもない。『三日月会』の一味なのです」

そうだったのか、と項垂れた仙之介が、ふいに顔を上げた。

「ならば、儂が探った商人達から本丸を突き止めることが出来ぬだろうか」

貫三郎が勢い込んだ。

「俺も、それがいいと思います」

銀太は、まあ、少し落ち着け、と貫三郎を宥めてから、視線を仙之介に戻した。

「その商人の中に、先だって闕所になった、酒問屋は入っていやしたか」

仙之介は、すぐに小さく頷いた。

「『菊池屋』か。あそこはずっと、探っておった。他の大店は、叩けば埃《ほこり》がいくらでも出て来そうな匂いがしていたが、『菊池屋』だけは、堅実な商いをしている風に見えた」

銀太は、唇を嚙んだ。

やはり、『菊池屋』一家に自分が感じたことは、正しかったのかもしれない。

「銀太。どうかしたのか」

仙之介に「蕎麦屋」ではなく名を呼ばれ、銀太は我に返った。なんとなくこそばゆい心地がした。

「いえ、何でもごぜぇやせん。仙之介様が『三日月会』に声を掛けられた経緯、何を指図されていらしたのかは、分かりやした。で、なんだってその与力が『三日月会』の一味だと、知れたんで」

仙之介が、放るように答えた。

「せんだって、八の奴から打ち明けられたのだ。きっと儂をすっかり手懐《てなず》けたと踏んだのだろう。儂が貫三郎を恨んでいる、いや、憎んでいると思い込んでいる風でもあった」

秀次が、ちらりと銀太を見た。

もの言いたげな秀次に銀太もそっと頷きかける。

『三日月会』は、それほど迂闊ではない。真実を知った仙之介が裏切ると見越していたとも考えられる。

ふいに、苦し気なうめき声が仙之介から漏れた。

「兄上」

貫三郎がそっと兄を気遣う。仙之介は心持ち顔を伏せ、言葉を無理に押し出すようにして語った。

「目の前が真っ暗になった。闇の中でしか暮らせぬ儂でも、初めて見る闇の深さであった。及川の家の者として役に立っているつもりが、当主に仇《あだ》を成していたなぞと。ただでさえ、穀潰しのお荷物だというのに」

八は得意になって、仙之介に言ったのだそうだ。

『三日月会』は、貫三郎を邪魔な敵とみなしている。もう少しで、貫三郎の生家であるちっぽけな茶屋を潰し、仙之介の為に一矢報《いっし》いることができたのだ。仙之介が手助けをしてくれれば、貫三郎自身を葬れる。そうなれば及川家は仙之介のものだ、と。

「もう、生きている甲斐がないと思った。穀潰しだけならばまだいい。及川の家の仇となってしまった者は、静かに消えるしかない、と」

秀次が、じれたように口を開いた。

「で、なぜ心中だったんでごぜぇやすか」

仙之介の昏《くら》い目が、秀次を捕えた。

「それ、は――」

仙之介が言い淀《よど》む。秀次が声に厳しさを孕ませて問い詰める。

「兄上さんは、貫三郎を恨んじゃいない。与力のお家柄の男子《おのこ》として成すべきことを成している。そうおっしゃった。だったらこの世を儚むにしたって、役者と心中は、ねぇんじゃありやせんかい。お偉いお武家さんにとっちゃあ末代までの恥だってぇ話になるんだろうさ」

秀次に据えられた瞳の奥に、憤りのようなものが揺らめいた。ふ、と零した笑いには、この隠居所《いさぎよ》へ来た頃のような棘が戻っていた。

「武士は、潔く腹を切れと申すか。お主、太平の世となってから幾年経ったと思う。闇の中、息を潜めて生きてきた儂だけではない。大概の武家は、太刀傷など負ったことがない者ばかりだ。そういう者が、容易く自らの腹に刃を突き立てられると思うか。嘲《わら》うなら嘲笑えばいいだろう。死を覚悟することと、それはまた別の話よ。恐ろしいものは恐ろしい」

きっとこれが、「普通の侍」の忌憚《きたん》のない腹の裡なのだろう。

銀太は思ったが、秀次は驚いたようだ。言葉を失くし、仙之介を戸惑いの目で見つめている。

ふ、と仙之介が気配を和ませた。

「とはいえ、それが相対死を選ぶ理由にはならぬ。秀次の言う通りよ」

ずっと黙って控えていたひばりが、口を挟んだ。

「旦那は、唆《そそのか》されたんです。悪者に与《くみ》するつもりはない。及川の家や弟君を追い詰めるくらいなら、自ら死を選ぶ。そう言い返した旦那に、八というお人は、薄笑いを浮かべ、言ったのだそうです」

――『三日月会』を抜けて、弟君にお味方するってんなら、構いやせんよ。旦那も『三日月会』の敵になるだけだ。そうなると、小煩い弟君だけでなく、及川家そのものが、あっしたちの相手ってぇことになりやすねぇ。それに、ご忠告申し上げておきやすが、今までろくすっぽ口を利いてこなかった弟君が、旦那の言うことを、どうお聞きになりやすかねぇ。あっしらが探った限りじゃあ、弟君は、奉行所の上役同輩をそりゃあ大事になすって、信用もしておいでだ。会の頭も、勿論そのひとりだ。さて、その与力のお仲間とお家の穀潰し、どっちをお信じになるのやら。死ぬんなら、どうぞご勝手に。ただ、あっしらの頭、与力様を侮《あなど》らねぇ方がいい。旦那が死んだくらいで手を緩めることはねぇ。あることねぇこと、でっち上げて、及川家の面目を叩き潰すくらいは、笑いながらしやすぜ。腹を召す、首を括《くく》る、川にどぼん、毒を呷《あお》る。どう死んだって、及川の家の面目が立たねぇような話が作り上げられ、読売と人の口を賑わすことになる。まあ、真実、旦那がご自身で情けねぇ死に方を選ばれるんなら、それ以上、敢えて何か仕掛けるまでもねぇが。

ひばりが、必死で訴える。

「そこまで言われれば、頭に浮かぶのは心中しかござんせんでしょう。旦那は必死でお考えになった。ご自身が心中で命を落とせば、『三日月会』は手を引く。一時、及川の御家は笑い者になるかもしれないが、元々ご自身は日陰の身。世の中は親御様、弟君を哀れんでくれる。そこから先は、きっと弟君が御家を建て直すだろう。そう思われて――」

ひばりの言葉を遮るように、貫三郎が叫んだ。血を吐くような叫びだった。

「なぜ、俺に打ち明けて下さらなかったんですっ。俺が信用できないなら、どうして、せめて父上に――」

長いこと黙ってから、仙之介が力のない言葉を発した。

「すまん。だが、どうしても言えなかった。父上母上、亡き兄上、そしてお前に合わせる顔が、なかったのだ」

秀次が、銀太に囁いた。

「泣く。貫三郎が泣くぞ。兄ちゃん、なんとかしろ。あいつが小母さん達に逢う日が遠のく」

なんとかしろ、と言われても困るじゃないか。

銀太は狼狽えながら、ともかく口を開こうとした時、ふいに厳しい声が響いた。

深い、よく通る声。今まで一言も発しなかった仙雀だ。

「ひばり。お前、そこまで旦那の御心裡を承知していて、なんだって、お止めしなかったんだい。まさか、絆《ほだ》されて本当に心中するつもりだった、なんてお言いじゃあないだろうね。もしや、役づくりの為に黙って旦那の御苦しみを眺めてたってんなら、今すぐ破門だよ。二度とあたしの前に顔を出すんじゃない」

穏やかで軽やかだった隠居の静かな怒りに、皆が、湿っぽくなっていた貫三郎と仙之介までが、息を詰めて師匠と弟子を見比べた。

ひばりの眼が、じわりと濡《ぬ》れた。

「泣いてちゃ、分からないよ」

仙雀の声は、変わらず厳しい。

ぐし、と鼻を啜り、ひばりは唇を噛み締めると、仙雀に向かって額突《ぬかず》いた。

「お師匠様。申し訳ござんせん。けど、あたしは決して、心中をするつもりも、役の為に旦那を眺めていたつもりも、ござんせんでした。なんとかお止めしようと、その機を窺っているうちに、抜き差しならないことになっちまって。あたしが手を引いても、旦那は他の誰かを見つけて心中すると、仰《おつしや》っておいででしたし、旦那から離れるのも心配でしたし。それでも、とどのつまり、何もできなかった。お師匠様にも、旦那にも、幾重にもお詫び申し上げます。ですから、破門だけは、どうぞご容赦くださいやし」

長い間を置いて、仙雀がひばりを促した。

「顔を、お上げ」

静かで柔らかな声音だ。

すっと背筋を伸ばし、師匠を見た弟子に向かって、仙雀は訊ねた。

「破門は、厭《いや》かい」

こくりと、ひばりの頭が縦に動く。

「旦那にくっついて、心中の算段に耳を傾けているうちに、なんだか本当に、心中するような気になってきちまって。そうしたら、分かったんです。あたしは、お師匠様の弟子として芝居がしたい。どんなちょい役でもいい。いっそ、本櫓の役者でなくなったっていい。いえ、舞台に立てなくたって、お師匠様のお稽古のお手伝いができれば、それでいい。お師匠様の元へ、戻りたい。戻って、お師匠様の前で芝居がしたい。そう――」

言い募《つの》るうちに、再びひばりの目には涙が浮かんできた。

仙雀が、なだらかな肩を、すとんと落とした。ぽつりとぼやく。

「まったく、馬鹿な子だね」

「お師匠様」

「あたしも濱次も、とっくのとうに気づいてたお前の心裡《こころうち》を、今頃になってお前自身が気づくなんて。鈍間《のろま》にも、程があるよ」

「お師匠様、あたし」

ふっと笑った仙雀は、一気に二つ三つ、老け込んだように見えた。

仙雀は、「この馬鹿」と、繰り返した。

「どんだけ、心配したと思ってるんだい」


仙之介とひばりは、ことが済むまで仙雀と懇意にしているという寺へ身を隠すことになった。仙之介は日に当たれない病だということも承知してくれたという。

仙之介は、自分ひとりが逃げ隠れすることを渋ったが、敵に「二人がいよいよ心中を図った」と思わせる策をとると聞いて、頷いてくれた。

仙雀は、元目明しだという下働きの小六に任せ、銀太と秀次、貫三郎は『恵比寿蕎麦』へ戻った。

夏の『恵比寿蕎麦』のお決まり、ふわふわの卵とじと、梅干しを載せた温かいうどんで腹ごしらえを済ませると、秀次が眦を下げ、弱音を吐いた。

「兄ちゃん、貫三郎。話を纏めてくれよ」

「訳が分からなくなったか」

銀太がからかうと、弟は顔を赤くしてむきになった。

「違わいっ。ただ、その。おいらの考えてることと、兄ちゃんや貫三郎が考えてることが違ってると、拙《まず》いじゃねぇか」

銀太は、貫三郎と笑いあってから、「分かった、分かった」と軽く応じた。

銀太が目で合図をすると、貫三郎が口火を切った。

「まず、『三日月会』の首魁《しゅかい》が、北町の与力だということが、いよいよはっきりしたね」

「柳下の野郎」

秀次が吐き捨てる。銀太が先を引き取った。

「仙之介様が心中するよう仕向けたのも、はっきりしたな。だが、気になるのは、仙之介様が会に引き込まれた時だ。俺や貫三郎が奴らと初めに争ったよりも、随分前になる」

貫三郎が、静かに告げた。

「元々、及川の家か俺が狙われてた、ということでしょう」

「その訳は、何だ」

銀太の問いに、貫三郎が小首を傾げた。

「柳下様に目をつけられる覚えはないんですが。そもそも、つい先日知り合ったばかりですし」

銀太も腕を組んで、唸る。

すると、秀次が胸を張って偉そうに仕切った。

「はっきり分からねぇことは、脇へ避《よ》けとこうぜ。それで、何だって、兄上さんに心中なんざさせようとしたんだい」

銀太は、笑いを堪えながら弟に答えた。

「『紅蜆』、蓑吉の心中と符牒《ふちょう》を合わせようとしたのだろう。やはりこちらへの脅しだ」

「ってことは、『紅蜆』と蓑吉は、会に殺されたってぇ訳だな。そいつはやっぱり、仲間割れかい」

「多分、そうだろうね」

貫三郎は応じてから、ふと銀太を見た。

「兄ちゃん、何か気になることでも」

銀太は少し迷ってから、打ち明けることにした。自分のかつての素性を打ち明ける訳にはいかないが、今の流れで不要な隠し事をするのは、命取りにもなる。

「実は昼間、お緋名さんが訪ねてきた」

『菊池屋』に今評判の義賊が錠前破りを仕掛けるという話があるのだと伝えると、秀次は色めき立った。

「なんだ、そりゃ。奴ら、兄ちゃんをおびき出そうとしてるってことか」

貫三郎が、眉間に皺を寄せる。

「俺と兄ちゃん、両方に仕掛けて来ているとなると、仲間割れ、という話も怪しくなってきますね。仲間割れをしながらできることじゃあなさそうだ」

「それほど切羽詰まっているとも、言えるぞ。権を奪うために、双方競ってこちらへ仕掛けて来ているとは考えられないか」

なるほど、と貫三郎が頷いた。

「会の中での力を示し、優位に立つには、目障りでいつまでもしぶとい敵を始末するのが分かりやすい、という訳ですか」

貫三郎には珍しい皮肉を聞いた秀次が、ぶうぶうと文句を言う。

「つまり餌の奪い合いってか。ってぇことは、貫三郎も兄ちゃんも、餌扱いだ」

「どうして、秀ちゃんがそこに入らないかな」

「茶化すなよ。兄ちゃんの話が途中だぜ」

「話の腰を折ったのは、秀ちゃんじゃないか」

銀太は、いささかうんざりして、二人の言い合いに割って入った。

「そろそろ、続きを話してもいいか」

貫三郎の、

「勿論」

と、秀次の、

「いいぜ」

が仲良く重なった。

銀太は短く息を吐き、告げた。

「折角だから、誘いに乗ってやろうと思う」

『兄ちゃんっ』

再び綺麗に揃った声に、銀太は心底感心した。

「仲いいな、お前ら」

ちっと、秀次は舌を打った。

「呑気に構えてる暇、あんのかよ」

貫三郎からは、やれやれ、と言わんばかりの溜息を貰った。

「自分から、相手の思うつぼに嵌りに行って、どうするんです」

秀次が貫三郎に乗っかった。

「悔しいけど、敵さんは兄ちゃんのこと、よくわかってやがるよな。どうすればのこのこ出て来るか、ちゃあんと心得てる」

まったく、言いたい放題だな。

銀太はこっそり笑ってから、言い返した。

「だが、いい加減この争いにも決着を付けたいと思わないか」

秀次と貫三郎は、そりゃあ、まあ、と呟きながら顔を見合わせた。

「だったら、あちらから仕掛けて来てくださってるんだ。乗らない手はない。『虎穴に入らずんば虎子を得ず』、だ」

秀次は顰め面、貫三郎は心配そうに黙りこくっていたが、先に口を利いたのは秀次だった。

「で。何《なん》か策はあんだろうな」

「おう。奴らの御膳立てに乗っかってから、考える」

「ばかやろ。それ、策じゃやねぇぞ」

がなった秀次を抑えるように、貫三郎が「兄ちゃん」と、銀太を呼んだ。

その瞳は真剣だ。

「あちらは、今度こそ兄ちゃんを錠前破りとして、捕えるつもりです。しくじった『紅蜆』の策をそのまま使って首尾よく済ませ、会の中の優位をとるつもりなんです。首魁が町奉行所の与力ならそれも容易い」

「そうだろうな」

「この間は、俺が質に取られたから、兄ちゃんはそうするしかなかった。今度は、無理に危ない橋を渡ることなんか、ないのに」

仕方ないな。

もう、沢山だ。

宇兵衛一家の末路を聞かされた時に、強く思い定めたことは、今も揺らいでいない。

銀太は、吐息ひとつ挟み、腹の裡の考えを口にした。

「ここで俺が乗らなきゃ、奴らは誰を質に取って来るか、分からない。今度は、誰に、どんな罠を仕掛けて来るのか。一体誰を巻き込み、危ない目に遭わせてしまうのか。そんな心配を続けるくらいなら、俺が動いた方が幾倍もましだ」

貫三郎が哀し気な目をして頷いた。

「やはり、そういう覚悟でしたか」

秀次が怒った。

「み、水臭ぇぞ、兄ちゃん。どうして――。どうして、いっつもそうやって、ひとりで何もかもひっ被ろうとすんだよぉ」

「泣かないでよ、秀ちゃん」

貫三郎のからかいに、秀次が喚いた。

「お前ぇじゃねぇんだ、泣くもんかよっ」

「いいや、泣いてる」

「うるせぇっ。お前ぇの気のせいだ、ばかやろっ」

やいのやいのと騒いでいる二人の、銀太を案じる心をこそばゆく思いながら、銀太は、敢えて軽い口調で言った。

「ひとりって訳じゃあない。二人にゃあ、手を貸して欲しいことがあるんだ」

貫三郎が、はっとして銀太を見遣った。身体を縮こめて文句を言っていた秀次が、ぴょこんと起き上がっていた。

銀太は、二人を等しく見比べて、切り出した。

「姐さんの話じゃあ、『菊池屋』にゃあ、もう野次馬がちらほら集まり始めてるってぇ話だ。その野次馬さん達にも、ちょっとばっかりお手伝い頂きてぇ」

揃って身を乗り出した貫三郎と秀次が、いたずら小僧のように目を輝かせたのを見て、銀太は微笑んだ。

七章――決着

京橋界隈は、ちょっとした騒ぎになっていた。

――おい、聞いたか。

――聞いたともよ。

――読売だって、こぞって書き立ててら。

――「次の三日月夜、『菊池屋』の蔵に眠る悪事の証を頂戴仕《つかまつ》る。義賊、三日月小僧」ってぇ、あれだろう。

――おお、町方が目の色変えて、『菊池屋』の蔵ぁ見張ってるってぇ話だぜ。

――いよいよ、義賊様のお出ましかい。

――けどよ。『菊池屋』は、とっくに闕所になって、裁きを受けてるじゃねぇか。

今更悪事の証ったって、なあ。いまひとつすっきりしねぇっつうか、何っつうか。

——察しが悪ぃな。

——じゃあ、お前《め》ぇは察してるってのかよ。

——そりゃあ、その。三日月小僧にゃあ、深《ふけ》ぇ考《かんげ》ぇが、あるんだよ。

——なんでぇ。お前ぇも分からねぇんじゃねぇか。

——まあ、まあ。そいつは、その場で見てりゃあ分かるってぇもんだ。

——三日月夜っていやあ、今夜じゃねぇか。

——おうよ。義賊と町方の大立ち回りが拝めるぜ。

——こりゃあ、是が非でも拝ませてもらわにゃあ、なるめぇ。

と、こんなやり取りが、あちらこちらで交わされ、『菊池屋』の周りは、早くから集まり始めた野次馬とそれを追い散らそうとする役人のせめぎ合いが、幾度となく繰り返されていた。

役人は、揃って捕り方の装束に身を包んでおり、否が応でも、野次馬達の期待は高まっていた。

日暮れ近くになると、幾度追い払われても舞い戻ってくる、三十人程の気合の入った野次馬達だけが残り、その誰もが、待ちに待った「見せ場」の邪魔をしてはいけないと、役人に追い払われない程の間を取り、固唾を呑んで『菊池屋』を遠巻きにしている。

じれた誰かが、何か囁こうとすると、他の野次馬に静かにしろと文句を言われ、すぐに大人しくなった。

『菊池屋』を見張る北町奉行所の役人も、野次馬どころではない、といった風で、厳しく周囲に気を配っている。

三日月小僧の噂を知らずに、店の前を通りがかろうとした者は、役人に咎められ他の道へ回らされた。

『菊池屋』の周りは、どこか浮き立つような気配を孕みながら、奇妙な静けさの中に沈んでいた。

銀太は、日暮れの少し後、辺りがすっかり闇に覆われた辺りから、野次馬に紛れて様子を窺っていたが、夜五つを告げる鐘の音を合図に、そっとその場を離れた。

錠前破りの道具は、緋名を真似て、古道具屋で手に入れた鬢盥《びんだらい》を細工し、全てその中に収めてある。

これで蕎麦汁の匂いさえしなければ、どこから見ても鯔背な廻り髪結いだと、妙なお墨付きを秀次から貰った甲斐があったようだ。ここまで、誰からも怪しまれずに来た。

一旦、『菊池屋』と野次馬の人だかりから遠ざかったところで、銀太は腰の饅頭《まんじゅう》根付を探った。

恋女房、おかるがくれた、お守りのようなものだ。

頭は冴え、心は凪《な》いでいた。

ここからは、秀次と貫三郎と息を合わせて動くだけ。そうして、敵の首魁が出て来るのを待つ。

銀太は、間違いなく柳下自身が出て来る、と読んでいた。

仲間割れをしていて、これが、力で会を手中に収めるための策なら、頭が仕切らなければ始まらない。

少なくとも、北町の役人ではない手下に任せることはしない。『菊池屋』の周りは今、しつこい野次馬と役人だけだ。野次馬は追い払われたくないから、大人しくしている。

その中に紛れて派手な動きはできない。

見張りの顔ぶれも、貫三郎がそっと確かめてくれた。

皆、本物の役人だ。

その役人の中に、どれほど柳下の手下がいるかは分からないが、敵の数はなるだけ少なくしておきたかった。

そのために、秀次に「三日月小僧の噂」を流してもらったのだ。

懐かしい。

銀太は、口許を微かに綻《ほころ》ばせた。

子供の頃、こうして、三人揃って、くだらないが手の込んだ悪戯を、大人相手に仕掛けたものだ。

ちょっとの間、遠い昔を思い出して和んでから、銀太は面を引き締めた。

足許に、道具を仕込んだ鬢盥を置き、懐《ふところ》から藍染の手拭いを引っ張り出し、頬被《ほおかむ》りで顔を隠す。

両の指をゆっくりとほぐし、ひとつ大きく息をして、よし、と頷いた。

後は、秀次の「合図」を待つだけだ。

一度下ろした鬢盥へ、手を伸ばした。

ひんやりとした硬いものが、首筋に触れた。

背中から前へ向けられた刃の切っ先が、目の端で物騒に光る。

背後を取られた。

舌打ちするまもなく、耳元で低い声が囁いた。

「蕎麦屋。お前ぇさんの大《で》ぇ事《じ》な身内を助けてぇなら、黙って俺の言う通りにしろ」

柳下の声だった。

*

五つの鐘が鳴ってしばらく。

畳町、京橋近くで、いきなり大声が響き渡った。

『出たぞ。三日月小僧だっ』

その声は、『菊池屋』から少し離れているようだったが、静まり返っていた野次馬と役人の耳には、はっきりと届いた。

皆が一斉に、辺りを見回す。

「どっちだ」

囁いた野次馬に答えるように、再び声が上がった。

『こっちだっ。銀座町の両替屋だ』

野次馬が、次いで役人がざわめいた。

「京橋の向こうじゃねぇか」

「畜生、義賊のくせに騙《だま》しやがったな」

「急ぐぜ」

「おう」

小さく固まっていた三十人ほどの野次馬が、ばらけた。

一斉に、京橋へ向かって走り出す。

役人達は、陣羽織姿の与力に問いかける視線を送った。

与力は、焦ったように辺りを見回し、それからいささか上擦った声を発した。

「表口と勝手口に一人ずつ見張りを残して、盗人を捕えに向かう。公儀を侮る不届者を、決して逃がすな」

は、と応じ、捕り方が、野次馬達を追うように一斉に駆け出した。

与力は、表門をちらりと見遣ってから、硬い顔で立ち尽くす、留守を任された役人へ「頼んだぞ」と一言告げ、捕り方達に続いた。

残された役人は、心細げに辺りを見回していたが、新たな声も聞こえない。

野次馬も奉行所の仲間も、戻って来る気配がない。

「やれやれ」

小さく呟いて、息を抜いた。

闇が、動いた。

腑抜けた顔つきのまま、役人は音もなく頽《くずお》れた。

役人を一撃でのした闇――暗い色目の小袖に、顔を藍の手拭いで隠した男は、何事もなかったように、入り口を塞《ふさ》いでいた竹を外し、店の中へ入って行った。手には、廻り髪結いが持つ鬢盥。知己《ちき》の店を訪ねてきたような、気軽な足取りである。

男が迷いなく向かった先、庭の北の奥に、小ぢんまりした蔵があった。

その前に、役人の姿はない。

男が、蔵の前へ進んだ。

鬢盥の中から、小さな龕灯提灯《がんどうぢょうちん》を取り出し、灯りを点ける。

足許に提灯を置き、しばらく弄《いじ》って、灯りを扉へ向けた。

扉には、小さな阿波錠がひとつ、からくり錠前と一目見て分かるような、唐草模様の錺《かざり》金物も見受けられる。

男は、袂から取り出した鍵で、あっさりと阿波錠を外した。

少し扉から離れ、錺金物を眺める。

暫くそうしていた後、再び扉に近づくと、からくり錠前に取り掛かった。

観音開きの左右、それぞれの扉に施された大きな唐草を、左は右回りに、右は左回りに、交互に回す。

三度繰り返したところで、かちゃり、と硬く小さな音が響いた。

男が、そろりと扉を引く。

軋《きし》みを上げて、重い扉が開いた。

足元に置いていた龕灯提灯を手に取り、確かな足取りで蔵の中へ入っていく。

小半刻《こはんとき》も経たないうちに、男は蔵から再び姿を現した。手には、龕灯提灯のみ。

蔵から、目立つものを持ち出した様子はない。

蔵から庭へ出たところで、男は足を止めた。

提灯を前へ翳《かざ》す。

灯りが照らす先に、陣羽織姿の与力が立っていた。陣笠の陰になって顔は分からない。

男は、待っていたかのように現れた与力に、驚いた様子も、怯んだ素振りも見せない。

ただ、ゆったりとその場に立ち、目の前の与力と対している。

先刻、野次馬を追って『菊池屋』を離れた与力とは違う。

「懐に仕舞った物を渡して貰おう」

陣羽織の与力は、男に向かって命じた。どこか間延びしたような、張り詰めた場に酷く不似合いな物言いだ。

対する男は、答えない。

与力が、上機嫌で言葉を重ねる。

「儂の代わりに、礼を申すぞ、蕎麦屋。野次馬を遠ざけ、蔵の裡からそれを持ち出してくれた。あ奴のせいでなかなか叶わず、やきもきしておったのだ」

男が動かないのを見て、じれたように、陣羽織姿の与力は一歩、男へ近づいた。

「大人しく渡してくれれば、悪いようにはせぬ。そうさな。及川は早々に本役に引き上げてやろう。今宵のように、儂の望み通りに動くなら、女錠前師や湯島の隠居、お前の周りの者共に二度と手は出さぬ。さあ、早う渡せ」

男が、口許を綻ばせた。

「それ、ってのは、一体どれのことですかい」

「何をたわけたことを――」

与力は吐き捨て、はっと口を噤んだ。

纏っていた、間延びした気配ががらりと変わる。

「貴様、何者だ」

問われた男は、くつくつと、低く喉を鳴らして笑った。

「やっぱり、喋ると化けの皮が剥がれちまうか。蕎麦屋は、お前ぇさんに会ったことがねぇって言ってたから、誤魔化せるかと思ったんだがなあ」

「その声。お、前、まさか」

与力が、腰に佩《は》いた刀に手をやった。

おっと、とおどけた調子で、男が与力との間合いを取り直した。

「嫌だねぇ、しつこくぼんくら装ってた奴が、急に殺気立ちやがって」

与力が、男に向かって訊いた。

「ここで何をしている、柳下」

男は、口許に笑みを湛え、顔を隠していた藍染の手拭いを外した。

男らしく整った面に、皮肉な笑みがよく映えている。

「そりゃあ、こっちの台詞だ。御同輩」

男——柳下は一度言葉を切ってから、笑みを収め、ぎっと目の前の与力を見据え、相手の名を呼んだ。

「糟屋殿」

銀太は、二人の吟味方与力、糟屋と柳下のやりとりを、『菊池屋』の母屋《おもや》の屋根の上から、驚きと共に見守っていた。

＊

そもそも銀太達の企みは、ざっくりとしたものだった。

夜更け、五つの鐘を目途に、秀次が別の場所に「三日月小僧が現れた」と騒ぎを起こし、野次馬を引き付ける。それにつられ、役人も幾人かは『菊池屋』から引き離せるだろう。それには、貫三郎が一役買ってくれることになっていた。

手薄になったところから銀太が忍び込み、蔵の錠前を破る。

中に何が入れられているかは分からない。

敢えて知るまでもない。

恐らく、先だっての「紅蜆」の罠の時のように、破ったところで敵は何か仕掛けてくるはずだ。

敵の首魁、柳下が姿を現したら、後は、蔵の中身を餌に、どんなはったりを打ってでも向こうの口からなんとか、悪事の委細を引き出す。

そこへ、秀次が野次馬を連れて、再び『菊池屋』へ引き入れる。

銀太や秀次、貫三郎達だけでは、柳下が口走ったことも、蔵に眠る「何か」も闇に葬られてしまうが、野次馬が駆け込んでくれれば、話は別だ。

あの中には読売屋もいる。北町の役人も共に戻って来るはずだ。いくら『三日月会』でも、三十人を超す町人、『三日月会』の息がかかっていない役人、全ての口を塞ぐことはできないはずだ。

とまあ、こんな流れを考えていた。

ところが、その企ては、早々に封じられた。

『三日月会』の首魁――だと思っていた柳下によって。

銀太が秀次の起こす騒ぎを待っていたところで、先手を取られたのだ。

首筋に刃を当てられ、

――蕎麦屋。お前ぇさんの大ぇ事な身内を助けてぇなら、黙って俺の言う通りにしろ。

と、脅され、銀太はゆっくりと目を閉じた。

万事休す。

ところが、柳下はあっさり刀を鞘へ仕舞うと、銀太の藍の手拭いと錠前破りの道具を「貸せ」と求めてきた。

身を翻《ひるがえ》し、柳下と対した銀太へ、昏い色目の小袖を着流した与力は、ほんのりと笑んで言った。

――『三日月会』の親玉をどうにかしてぇんだろう。だったら俺に手を貸せ。

銀太は、目を眇《すが》めて柳下を見返した。

この男が、『三日月会』の首魁ではないのか。

柳下は、からかうように銀太へ訊ねた。

「いいのかい。愚図愚図考えてると、せっかちな弟が騒ぎを起こしちまうぜ」

銀太は、囁くように問い返した。

――旦那は、何者《なにもん》ですかい。

――とっくに知ってんだろ。北町の吟味方与力、蕎麦屋の幼馴染の上役さ。

おどけた言い回しに反し、柳下の顔に笑みはない。

真っすぐ向けられた視線を、ほんの少しの間受け止め、銀太は腹を決めた。

被っていた藍の手拭いを外して鬢盥型の道具箱と共に柳下に渡し、代わりに柳下の持ち物を預った。

そうして今、銀太に扮し、錠前破りをあっさり済ませた柳下の指図通り、一部始終を、念入りに気配を消して屋根の上から見ている、という訳だ。

ほんの短い間に、驚くことばかりが目の前で繰り広げられていった。

銀太とそっくりな、立ち居振る舞いの癖。

開け方を知っているとしか思えない、錠前破りの腕。

目当てのものを見つけて蔵から出てきたはずの柳下が、何も持っていないことにも、少し戸惑った。

何より驚いたのは、今、柳下と対峙《たいじ》しているのがどうやら糟屋で、『三日月会』の首魁なのだということ。

銀太は、糟屋自身に会ったことがない。ただ、助役与力として糟屋の元で役目をこなしている貫三郎からは、よく話を聞かされていた。

呑気者で、考えが浅い。水が必ず低い方へと流れていくように、糟屋の吟味は容易い方へと舵《かじ》が切られる。どれだけ不審な点を訴えても、「気のせい」「考えすぎ」と笑って聞き流される。吟味与力は、吟味をし、咎人を「裁く」ことが役目だが、糟屋がやっているのは、同じ「さばく」でも、「捌く」の方、役目を真摯にこなそうという気が、まったくない。

その癖、いざ貫三郎が、真実を探し出したと知るや、まったく悪びれもせずに手柄を自らのものにする。この頃は、貫三郎が手柄を持って来るのを、待っている気配さえある。

貫三郎は、糟屋が「そんな風」だからこそ、自分が思うように動けている、と笑う。

秀次は、貫三郎の話を聞くたびに、「ぼんくら上役」だと嘲《あざ》ける。

現に、柳下の前に立っているのは、薄ぼんやりとした面立ち、小柄な体軀は、ゆったりした陣羽織を通してでもそれと分かるほど、たるみ、緩んでいる。絵に描いたような、「ぼんくら役人」、貫三郎から聞いていた通りの男だ。

けれど、銀太は気づいていた。

一見、もさっと、無造作に立っているような糟屋には、どこにも隙が見いだせない。

そして、纏っているのは蓑吉や「紅蜆」から感じたのと同じ、昏い、そしてその昏さを楽しんでいる気配。

ずっと側にいた貫三郎が、これを見逃したのだろうか。

いや、と銀太は、すぐに思い直した。

若輩の助役与力とはいえ、貫三郎の人を見る目、「何かがおかしい」と感じ取る目は、鋭い。

柳下も言っていたではないか。

しつこくぼんくらを装っていた、と。

貫三郎の目を欺くほどの装い振り、被っていた猫を脱いでからの隙の無さは、さすが『三日月会』首魁というところか。

きっと柳下も、のんびりと話をしながら糟屋の隙を探っているのだろうが、これでは不用意に、仕掛けられない。

しかも柳下は、町人の銀太に扮しているから、腰に大小を差していない。

銀太は、いざとなったら助太刀に入る覚悟をしながら、じりじりと成り行きを見守った。


柳下に「同輩」と呼ばれた糟屋が、嘲笑《ちょうしょう》を浮かべた。

「『同輩』と呼んでくれるのなら、手を組まぬか。いや、黙ってその懐の物を渡すだけでいい。お主が考えているより、奉行所に儂の仲間は多いぞ」

柳下が、笑い返した。皮肉も強がりも含まない、涼やかな笑みだ。

「懐の物、とは、こいつのことかい」

ゆったりと、柳下が動く。微かに糟屋が身構えた。

柳下が自らの懐から出したのは、一枚の紙。

敢えて糟屋を苛立たせるように、長い時を掛けて、折りたたまれた紙を開いた。

ひらりと、その紙を糟屋に向けてはためかせ、諳んじる。

「『我ら、三日月の元に集いし者、共に闇に君臨し、人心を操り、江戸を手中に収めるなり。役人、公儀、畏《おそ》るるに足らず。三日月の元に集いし同胞、互いを謀り裏切ること、三日月の元より離れること、厳に慎むべし』、ってぇ書いてあるなあ。連ねてある血判の名は、黄金でよく肥えた商人ばかり。よくもまあ、性悪商人をこれだけ集めたもんだぜ。おや、蓑吉、『紅蜆』なんてぇ見たことのある名もあるな。ただ、妙なのは、その名の一番頭に、糟屋殿、お前ぇさんの名があるってぇこった」

銀太は、小さく喉を鳴らした。

あれは、『三日月会』の芯となる奴らの連判状。

あれさえあれば、『三日月会』の正体がつまびらかになる。

たとえ、連判状がそのまま、会が行ってきた悪事と繋がる証にならなくても、あの文面ならば、連判状自体が謀反《むほん》の証になる。

公になれば、糟屋も、名を連ねている商人も、重い罪に問える。

ひらひらと、ふざけた仕草で振られる連判状を目で追っていた糟屋が、その視線を柳下へ移し、口を開いた。

「まったく、目障りな男だ。儂の先手ばかり打ちおる」

「半手、遅かったがな」とは、柳下だ。

銀太は首を傾げた。

先手とは何のことだ。

糟屋が、半歩前に進んだ。

柳下がおどけた様子で、同じだけ下がり、連判状を仕舞う。

「おっと」

糟屋が訊いた。

「『菊池屋』を唆し、裏切らせたのはお主か」

「ほう。さしもの『三日月会』頭目でも、『菊池屋』の素性までは分からなかったか」

柳下の言葉が、楽し気に小さく弾む。

「――何者だ」

「『三日月会』へ入れる時に素性を洗わなかったのは、ぬかったなぁ。お、その顔は探ったのに分からなかったってぇ口だな。さすがは宇兵衛だ。八年前、両国の料理屋、覚えてるかい」

思案する間もなく、

「広小路の『伊勢甚』か」

と、糟屋が応じた。柳下が昏い目で呟く。

「覚えてなかったら、この場でその首ねじ切ってやろうかと思ったが」

「獲物も、客も、忘れるものか。いつ寝首をかかれるか分からん」

つまらなそうに言い返してから、今度は糟屋が考える素振りを見せる。

「あの店の主一家は、揃って首をくったはずだが」

何の感慨もない、無造作な物言いだ。銀太は、胸糞の悪さを息を詰めて堪えた。

柳下から、くれぐれも気配を消していろと念を押されているのだ。

静かに、柳下が答えた。

「手代だ。奴は身寄りがなくてな。身内のように接してくれた『伊勢甚』の主夫婦を、実の親のように慕っていた。主一家が命を絶ってから、奴の生きる縁はただひとつだった。仇討ちだ。ただその為だけに、血の滲む苦労をして、ほんの八年で『菊池屋』の身代を築いた」

つまらなそうに、糟屋が鼻を鳴らした。

「ぬかったわ。そんな虫を懐に入れていたとはな」

ここに、秀次と貫三郎がいなくてよかった。

銀太は、そう思うことで自分の胸のざわめきを抑えた。

秀次なら、誰がどう止めようが、糟屋に食ってかかっていただろう。

貫三郎は、自分で立てた誓いを破って、涙していたかもしれない。

糟屋が続ける。

「目端《めはし》が利いて、頭の巡りも速い。性根もいい塩梅に小悪党だと思ったのは、そう装っていたのか」

「一世一代の大芝居だって言ってたぜ」

「浅からぬ仲のようだが。さては、お主が差し向けた密偵か」

「『伊勢甚』とは昔から懇意にしててね。箸休めに出る、蜆の佃煮《つくだに》が飛び切り旨かった」

懐かしんでいる様子で語っていた柳下が、ふと苦し気な顔になった。

「俺ぁ、宇兵衛の奴を止めたんだ。危ねぇ真似はやめろってな。せっかく手前ぇの店を持って大っきくしたんだ。そいつを守ってった方が、『伊勢甚』の主も内儀も、余程喜ぶ。けど、心に巣くっちまった怒り、恨みってのは、理屈じゃ消えねぇんだ」

『菊池屋』は初め、客として『三日月会』に近づいた。下りものの酒に安酒を混ぜ、高く売り捌いていた同業を潰して欲しい、上客を取られた恨みを晴らして欲しい、と訴えてきたのだそうだ。

そこから先は、宇兵衛の才覚で会の一味に入り、更に奥深くに潜り込んでいった。

そうして、宇兵衛にとっての好機が、やってきた。

新たな大店が、会に仲間入りをする。その折の連判状の差配を任されることになった。

――いよいよ、旦那様方の仇を討てます。

柳下は、宇兵衛からそう打ち明けられ、強く引き止めたという。それでも、宇兵衛は止まらなかった。

銀太は、白魚橋の袂で見かけた、柳下と『菊池屋』の諍いを思い出していた。

あのやり取りが、そうだったのかもしれない。

糟屋が、薄笑いで応じた。

「その連判状は、出店を束ねる者やおのが裁量で動く者、会の柱となる者のみが名を連ねた連判状よ。白紙の偽物とすり替えられているのに気づいたのは、新入りを迎えた会合の次の日であった。そんな小癪《こしやく》な真似ができるのは、前の日に連判状を預け、支度を命じた『菊池屋』だけだからな」

　糟屋の動きは、早かった。

『菊池屋』が『三日月会』に取り入るために使った同業と同じ罪を着せた。

「慌てたぜ」と、柳下がおどけた。

　公儀に名を連ね、将来を嘱望されている大身旗本の屋敷に、偽りの酒を収めた咎だ。闕所では済まない。吟味と裁きを糟屋が任されたら、宇兵衛の命は、間違いなく助けられない。

　そして、糟屋はそのつもりだ。

　柳下は、奉行の力を借りて『菊池屋』の吟味役を糟屋の鼻先からかすめ取った。更に、件の小姓組頭を務める旗本に働きかけ、罪一等を減じてほしい、という嘆願の書状を取り付けた。

　そうして、『菊池屋』にはからくも、闕所、江戸払いという沙汰が下り、命拾いをした。

　糟屋が、訊ねる。

「お主と『菊池屋』が懇意にしていたということは、とうに蔵の中身を承知であったのだろう。蔵の錠前の開け方も承知のはず。なのに、扉が開かないと誤魔化し、闕所にした後も、見張りを付けたままいつまでも蔵から連判状を持ち出さなんだのは、なぜだ」

鯔背な仕草で、柳下が鼻の下をしゅるりと擦っておどけた。

「そりゃあ、お奉行の御指図さ。連判状だけじゃあ心許ねぇ。何としても、お前さん自身の口から、悪事の委細を引き出せって言われちまったんだから、是非もなしって奴だ。蔵の中身を餌にして、こうしてお出まし頂いたってぇ訳さ。俺は気短だから、さっさと始末を付けたかったんだがなあ」

糟屋が、嗤った。

「なるほど、お奉行とそこまで懇意か。お主が元隠密廻だという噂は、誠であったようだな」

柳下の眼光が、鋭さを増した。

「お奉行と俺は、長ぇこと、お前さん達を追っていた。もう少しで尻尾が摑めるってぇ時に、お前ぇさん達の周りをちょろちょろ動き回る、危なっかしい鼠三匹が現れやがって、肝を冷やしたぜ」

鼠三匹とは、ひょっとして俺達のことか。

銀太は、顔を顰めた。柳下が目元をほんの微か、和ませる。

「だが、この鼠が案外しぶとくて、使える奴らでね。おかげで『三日月会』の尻尾の先を摑めた。その先に繋がってるお前ぇさんの影も、捕えることが出来たってぇ訳だ」

ぴりりと、糟屋の気配が殺気立った。

「その尻尾の先が、『紅蜆』と蓑吉だという訳か」

「巧く唆されて、仲間割れを起こしてくれたまではよかったが、お前さんの手下、八だったか、奴に消されちまった。可哀想なことをした」

柳下は、あの二人を、本気で哀れだと感じているようだ。銀太は、穏やかな声音から察した。

元々、「紅蜆」は気まぐれで、蓑吉は、悪巧みを楽しむひねくれ者だった。

銀太達を追い詰めるため、妙に手の込んだ仕掛けをした挙句、仕留めそこなった。そのことを糟屋に咎められ、二人は腐っていた。次にしくじったら、ただでは済まないと脅され、どこかで怯えていたのもあっただろう。

そこへ、柳下はつけ込んだ。

ふんぞり返って、儲けの大半を巻き上げていく糟屋の手から離れ、「紅蜆」と蓑吉が根付の商人を取りまとめたらどうだろう。

今までのように、うるさいことを言われずに獲物は選び放題、楽しい企みも巡らせ放題、ついでに金儲けもし放題だ。

日々の退屈を紛らすために『三日月会』に入った商人達も、表の顔が役人という窮屈な頭目よりも、「紅蜆」たちと組む方が、楽しい思いが出来るはずではないか。

柳下の指図に従って、二人の耳元に囁いたのは、宇兵衛だった。

柳下が、危ない真似と承知で『菊池屋』にそれをやらせた理由《わけ》は、二つ。

「紅蜆」と蓑吉が裏切れば、糟屋の目を宇兵衛から逸らすことができる。手を打つのは早い方がいい。宇兵衛なら、蓑吉、「紅蜆」とは会合で顔見知りだ。

もうひとつは、柳下を手伝わせることで、少しでも宇兵衛の気が済むかもしれない。

その上で、後の始末は自分に任せろと諭せば、首を縦に振ってくれるかもしれない。

柳下は、そう考えたのだという。

宇兵衛の誘い方が達者だったのか。曲者《くせもの》でひねくれ者の「紅蜆」と蓑吉は、柳下の思惑通り、商人たちのほとんどを引き連れ、糟屋に反旗を翻した。

糟屋は何も語らないが、大がかりな離反は糟屋にとって誤算であったろう。

柳下が、からかうように評した。

「まあ、そりゃあ仕方ねぇってもんだな。俺から見ても、お前さんより『紅蜆』に付いた方が楽しそうだ」

糟屋が、柳下を睨み据えた後、にやりと笑んだ。

だらりと下ろしていた手を、再び太刀の柄《つか》に添える。

「さて。長々とした種明かしは、そろそろ互いに済んだところか」

糟屋の足元で、ざり、と砂を踏む音が鳴った。

高く冷たい音と共に、糟屋の太刀が抜かれた。

「儂をおびき出した割に、丸腰とはな。間抜けなのか、儂を侮っておるのか」

糟屋から、殺気が陽炎《かげろう》のように立ち上った。

銀太は、じりじりと、その時を待った。

糟屋がゆったりと動く。

柳下が、続く。糟屋との間合いを保ちながら、銀太のいる屋根のすぐ下へ移った。

つい、と手が上がった。

銀太は、心中で柳下に訴えた。

こっちを向いてくれ。

だが、柳下は糟屋とのにらみ合いで手一杯なのか、ちらりとも視線を向けない。

そして。

「蕎麦屋」

落ち着いた声で、柳下が銀太を呼んだ。

糟屋が、はっとして辺りを見回した。

今だ。

銀太は、柳下から預かっていた太刀を、延ばされた手に向かって放った。

落としても知らねぇぞ、と小声で毒づきながら。

少し慌てた様子で、糟屋が柳下へ迫る。

糟屋が、柳下の間合いに入る刹那、柳下の手に吸い寄せられるように、太刀が収まった。

すぐさま、柳下が飛び退《すさ》って、糟屋の間合いから出る。

再び睨み合う頃には、柳下も鞘走っている。

銀太は、屋根の上から一気に飛び降りた。

「お手伝いしやしょうか」

ためしに声を掛けると、

「退《の》いてやがれ」

と、軽い調子で叱られた。

ふいに、糟屋の殺気がこちらへ向けられ、銀太はぎくりとした。

その鋭さ、禍々《まがまが》しさは、貫三郎から聞いていた「ぼんくらな上役」とはあまりにもかけ離れていた。

「どこまでも、邪魔しおって。及川よりも、貴様を先に始末しておくのであったわ」

「離れてろ、蕎麦屋」

柳下が、銀太を糟屋から庇うように身体を動かし、ぴしりと指図した。

銀太は、無言で二人から離れた。

自分が、柳下の足手まといになってはいけない。

それでも、糟屋は銀太へ語り掛けた。

「そもそも、貴様が『紅蜆』の心を揺らがせたのだ。あれは、何にも執着しない女であった。だから、ひとりで好きにさせていたのだ。へまはしないし、いざとなったら切ればいい。それを――」

糟屋が唸る。

「紅蜆」に、何があったのか。

銀太の声に出さない問いに、糟屋が答えた。

「乾物屋の騒動のことよ。あの時、自分の仕掛けを貴様らに破られたのが、余程楽しかったらしい。その楽しみを先へ延ばすために、『大村屋』から勝手に手を引いた。後は他の者にやらせるから、手を引けと言っても、厭だと言いおった。貴様は自分の獲物だ、今しばらく楽しむのだ、とな。呼び戻そうとした蓑吉も、貴様は自分の手で、と『紅蜆』に付いた。執着は目を曇らせる。目の曇った駒は邪魔になるだけよ。なかなか使える駒を消さねばならなかった借りは、柳下を始末してから、返して貰うぞ」

銀太は目を瞠った。

あの時は貫三郎と緋名の弟子の与治郎、『大村屋』の隠居を質に取られ、銀太は必死だった。

錠前破りの咎で火《か》盗《とう》改《あらため》に捕えられるところを、秀次の人を丸め込む才に助けられ、事なきを得たのだ。

だがあの時、妙に「紅蜆」と蓑吉が、あっさり引いたことが、銀太は引っかかっていた。

まさかそれが、「楽しかった」から、とは。

ふと、盗みを楽しんでいたおかるを思い出した。

途端に、柳下の呆れ口調の台詞が飛んで来た。

「蕎麦屋。呑気に魂消《たまげ》てると思ったら、今度は何にやけてやがる。ここは、この野郎の勝手な言い分に、腹ぁ立てるとこだぜ。俺がやられたら次は蕎麦屋だって、忘れるなよ」

にやけていたつもりは、なかったのだが。

銀太はそう思いながら、今度ははっきりと笑みを浮かべた。

「旦那がやられなきゃあ、済みやす」

「他人事《ひとごと》だと思いやがって」

銀太に応じた柳下に、小さな隙が出来た。

銀太がはっと息を呑んだ。

その刹那を、糟屋は見逃さなかった。

一気に間合いを詰め、柳下に切りかかる。

鍔《つば》と鍔がぶつかる、鈍い音が響いた。

「何を呆《ほう》けておる。先ほどから、下らぬ言い合いを続けておるが、何を待っている」

低く、糟屋が問い詰めた。

「その言葉、そのまま返すぜ」

柳下と糟屋は、間合いを詰めては離れ、互いの足場を入れ替えながら、刀を振るっていたが、一度、鍔がぶつかり合った後は、刃が当たる気配はなかった。

紙一重で、相手の斬撃を避け、攻めに転じる。

息が詰まるような、繰り返しが続く。

柳下が待っているものを、銀太は承知している。

糟屋は何を待っている。

どちらが、早い。

掌に滲んだ脂汗を、銀太がそっと拭いた時――。

賑やかな足音と気配が、『菊池屋』の蔵の前になだれ込んできた。

「なんでぇ、橋向こうに『三日月小僧』が出たってのは、とんだ与太じゃねぇか」

「一体、どこの馬鹿だ」

「まさか、もうこっちに『三日月小僧』が来ちまったってことはねぇだろうな」

「おい、八丁堀たちがいねぇぞ」

やいやいと、口々に文句を言いながら戻ってきたのは、『菊池屋』を遠巻きにしていた野次馬だ。

秀次に頼んだのは、一旦野次馬を『菊池屋』から引き離し、銀太が蔵の中身を出し終えた頃合いを計って、野次馬を引き連れて戻って来ることだった。

『三日月会』の頭目は、大人しく銀太に「蔵の中の証」を盗み出させない。きっと姿を現す。

その姿を野次馬に見せ、銀太は「三日月小僧」の振りをして、『三日月会』の悪事を野次馬達に聞かせるつもりだったのだ。

ところが、秀次の操る差し金通り、戻ってきた野次馬達が目にしたのは、奉行所の与力と着流しの侍が、刀を交えている様《さま》だ。

「と、捕り物だ」

「や、待て、様子が違うぜ」

「じゃあ、斬り合いかっ」

「逃げろ」

「ひぇ、お助け」

「待て待て、こいつは見ものだ」

逃げようとする者、腰を抜かす者、見物しようと目論む強者《つわもの》、それぞれが騒ぎ出したことで、蜂の巣を突ついたような騒ぎになった。

柳下が、にやりと笑って、糟屋に向かって声を張った。

「お前さん、『三日月小僧』を捕えにきたんだろう。やってみちゃあ、どうだい」

ぴたりと、野次馬達の動きが止まった。一斉にその視線が柳下へ集まる。

「あのお侍が、『三日月小僧』か」

誰かが囁く。

「相手が役人だから、そうなのかもしれねぇぞ」

「おい、こりゃあ」

「間に合ったか」

ざわめき始めた野次馬を抑えるように、柳下が更に続けた。

「おっと、捕えに来たんじゃねぇか」

片手で持った太刀の切っ先で糟屋を抑えながら、連判状を仕舞った懐を軽くたたき、

「こいつを奪いに来たんだろう」

野次馬がざわめいた。

「懐に何が入ってるんだ」

「そりゃあ、『三日月小僧』が持ってるんだ。誰か、かの悪事の動かぬ証ってぇ奴じゃねぇのか」

示し合わせたように、皆がそろりと役人――陣羽織に陣笠姿で「三日月小僧」とにらみ合っている糟屋を見た。

銀太は、ほんの少し肩の力を抜いた。

元々、銀太が狙っていたのと同じことを、柳下も狙った。

戻ってきた三十人からなる野次馬達を生き証人にして、『三日月会』の頭目をあぶり出し、これまでのように、証をもみ消したり、生き証人を罠にかけて黙らせる、という真似をさせないようにした。

きっと、糟屋が手を打つ前に、読売屋が読売にするだろう。いかな『三日月会』の頭目でも、一晩のうちに三十人を超す口に戸を立てることは、できまい。

「『三日月小僧』の旦那。その懐にゃあ、何が入ってるんだい」

抜刀をしているものの、互いに動く様子のない侍二人に、野次馬達の気も緩んだようだ。

柳下へ直に声を掛ける、肝の据わった者が出てきた。

柳下は、気安い調子で答えた。

「おう、ここにはなあ——」

だしぬけに、糟屋が様子をがらりと変えた。

「お、おおお、及川っ、助けてくれっ。こ奴を捕えよ。錠前破りだっ」

腰が引け、上擦り閊《つか》えた物言い、そして腑抜けた立ち居振る舞い。暗く鋭かった気配は吹き飛んでいた。

貫三郎から聞いていたぼんくらな上役「糟屋」そのものだ。

ち、と柳下が舌を打った。

野次馬をかき分け、柳下と糟屋の前に、貫三郎と秀次が姿を現した。

まずい。

銀太も、柳下から少し遅れて気づいた。

銀太は、糟屋が『三日月会』の首魁で、柳下は「会」を追っていたことを知っている。

だが、貫三郎と秀次は、柳下が黒幕だと思い込んでいる。銀太が柳下と会ってからこれまでの経緯《いきさつ》を、野次馬や役人を遠ざけてくれていた二人は、まったく知ることができなかった。

糟屋の目が、にやりと嗤った気がした。

「及川、お主の兄替わりの男が、柳下に丸め込まれておる。お主は元々、柳下を疑っていたではないか。その眼力は正しい。はよう。はよう、柳下を捕えよっ」

貫三郎より先に、秀次が喚いた。

「このっ、馬鹿兄ちゃんがっ。人がいいにもほどがあんだろうが。だから蕎麦も茹で過ぎちまうんだ」

蕎麦の茹で加減は、関わりないだろうに。

銀太は、弟に言い返す代わりに、一歩、二歩と後ずさった。体が庭の植木の影、濃い闇にすっかり紛れたところで、足を速める。

すかさず、糟屋が喚いた。

「錠前破りは、その逃げた男だ。皆の者、逃がすでない」

「おや。錠前破りは、俺じゃあないのかい。だったら、俺がお前さんとこうしてにらみ合ってる意味は、なくなるぜ」

柳下が、余裕綽々《しゃくしゃく》で糟屋をからかう。

糟屋は、むう、と口を尖らせた。まだ念入りに「ぼんくら」を装っている顔つきだ。

駆け付けた役人たちは、戸惑いもあらわだ。

無理もない。吟味方与力同士が、太刀を抜き、にらみ合っているのだ。

なぜ、ぼんくら殿がここにいる。

柳下様が「錠前破り」とは、どういうことだ。

言葉にならない問いかけを、いくら目顔で交わしあっても、答えを出せる者は誰もいない。

「ぼんくら」の糟屋に従うか。

あっという間に奉行所内の人心を摑んだ、柳下につくか。

救いを求めるように柳下へ視線を送る者もいたが、柳下は一言も発してくれない。

糟屋も、口を噤んでしまった。

捕り方を差配していた筈の与力は、姿が見えない。

命《めい》を下す上役が消え、役人達の動きは、止まった。

野次馬達も、芝居の続きを待つように、静まり返って成り行きを見守っている。

動かない役人たちの中から、二人がそろりと動いた。ひとりは貫三郎に、もうひとりは、秀次に近寄っていく。

今ここにいる糟屋配下の奉行所役人は、恐らくこの二人だ。

目の端で確かめると、柳下がその二人を厳しい目で見据えていた。

銀太と同じことを、柳下も見極めただろう。

銀太は、腸《はらわた》が煮えくり返るほどの怒りを覚えていた。

糟屋は、ずっと貫三郎を謀っていた。

そして今も、貫三郎を使って、この場を乗り切ろうとしている。

柳下と銀太が、貫三郎と秀次が野次馬を引き連れて戻って来るのを待っていたように、糟屋もまた、貫三郎と秀次を待っていた。

秀次は、自分に対する質とするため。

貫三郎は、柳下を抑え込むため。

二人とも、銀太の大切な「弟」だ。

可愛い弟達を、これ以上道具のように使わせたりしない。

ここが正念場と、念入りに足音と気配を消し、役人や野次馬を遠回りして避け、こぢんまりした蔵の脇に立つ松の木に登る。枝を折り、音を鳴らさぬように。

針のような葉が肌を刺したが、気にしてなぞいられない。

松の木から蔵の屋根に飛び移り、下を覗く。

柳下と目が合った。

目に浮かんだ、微かな驚きと苛立ちは、さしずめ、

——無茶しやがって、馬鹿野郎。

というところだろうか。

「ぼんくら」糟屋が、猫なで声を上げた。

「及川。今ならまだ間に合う。自分の眼力を信じよ。最初《はじめ》に感じた柳下への不審こそ本物だ」

糟屋に呼応するように、貫三郎の近くへ寄った役人が、貫三郎へ何やら囁くのが見えた。

闇の中、貫三郎が顔色を失ったのが分かった。

柳下が横へ動いた。

隙を見せるものかと、糟屋が柳下の正面に移る。

また、じり、と柳下が動く。糟屋が続く。

もう少し。あと、ちょっと。

銀太のいる蔵の屋根に、糟屋が背中を向けた。

今だ。

銀太は、勢いをつけて飛び降りた。

足から腰に掛けて、痺《しび》れに似た痛みが走る。

よろけたのは、二歩。それも勢いに変えて、背後から糟屋へ迫る。

懐に呑んでいた、使ったことのない匕首《あいくち》を取り出し、鞘を放る。

糟屋が振り返り掛けたところへ、その喉元に匕首の刃を当てた。

野次馬が、ざわめいた。

ざわめきに紛れて、糟屋の耳元で囁く。

「ちっとでも動くと、首から血が噴き出しやすぜ」

「き、さま――」

「いいんですかい。『ぼんくら』の面《めん》が外れかけてる」

ぎり、と歯を軋らせる音。

銀太は、糟屋の右手から太刀をもぎ取り、遠くへ放った。

何だ。何が起きている。

騒ぎ出した野次馬を、柳下が粋な八丁堀そのままの伝法な口調で宥める。

「もうしばらく、大人しくしてろや。こっからが見ものだぜ」

再び、辺りは水を打ったように静かになる。

おろおろと、あちこち見回している秀次が、目の端に入った。

その背後に、先刻の役人が近づく。

「おっと、あっしの弟に忍び寄ってる、そこのお役人様。大人しくしていて頂きやしょう。大切な頭目の首が、身体から離れちまったら一大事だ」

銀太の言葉に、秀次がくるりと振り返った。

すぐそばまで来ていた役人を認め、ひえ、と悲鳴を上げてから、少々大仰に飛びのく。

「ななな、なにしやがるつもりだっ。痛ぇ目に遭いたくなきゃ、もっとおいらから離れやがれっ」

どんな「痛ぇ目」に遭うのやら。

銀太は、思わずくすりと笑った。

糟屋が、ざらざらとした声で呻《うめ》いた。

「儂は吟味方与力だ。こんなことをして、ただで済むと思うな」

「もとより、思っちゃあいやせんよ。あっしは、手前ぇより、弟達が大事なもんで」

銀太の囁きに、糟屋は微かに狼狽えたようだった。

再び、「ぼんくら」を装い、糟屋が貫三郎に喚いた。

「おおお、及川っ。聞いたであろう。このままでは、こ奴は錠前破りの咎で死罪だ。今なら間に合う。こ奴を止められるのは、及川だけだ。止めてくれれば、助けてやる。そもそも、柳下に騙されて片棒を担がされていただけなのだからなっ」

銀太は、嗤った。

「なるほど。先刻、旦那の配下のお方は、貫三郎をそう言って脅したんですかい。こいつはいよいよ、放って置けねぇ。貫三郎の足枷《あしかせ》になるなんざ、まっぴらだ」

誰よりも慌てたのが、柳下だ。

「おいっ、蕎麦屋。よせ」

銀太は、静かに言い返した。

「こういう口は、とっとと塞いじまうに限りやす」

銀太の頭に、幸せそうな『菊池屋』一家の顔が浮かんだ。

銀太におかるを思い出させた、明るく笑う内儀。亭主の宇兵衛と楽し気に遣り取りをしている睦《むつ》まじい姿は、おかるとの幸せだった日々が戻ってきたような心地にさせてくれた。

銀太のうどんをおいしいと食べてくれた、幼い娘。

『三日月会』は、内儀の命を奪い、春の陽だまりのようだった一家の幸せを壊した。

宇兵衛は女房を、娘は母を失くし、江戸から追い出され、父娘二人で、どうしているだろうか。

様々な顔が、銀太の頭に浮かんでは、消えていく。

軽口を言い合う秀次と『恵比寿蕎麦』の常連客。森田座の大部屋女形達。

貫三郎の身内、『あやめ茶屋』のみんな、実の兄の仙之介。

仙雀、緋名。緋名が信を置く、隠密廻。

恩人を助けようと盗みを働いた幼さの残る軽業師と、軽業師の罪も被ってあの世へ行った壺振り。

「紅蜆」の罠に嵌った、乾物屋の隠居と可愛らしい孫娘。

その「紅蜆」も蓑吉も、あの世へ行ってしまった。

『三日月会』に名を連ねていた商人達も、幾人か命を落とした。

銀太自身、知らない顔がいくつもあったはずだ。

それでも、銀太には、過《よぎ》っていく顔がそれぞれ誰のものなのか、はっきりと分かった。

くすりと、笑って心中呟く。

こいつは、俺も長かあねぇなあ。

その中には、確かに性悪もいた。

けれど皆、『三日月会』なぞというふざけた会さえなければ、性悪は性悪なりに、善人は善人なりに、日々を暮らしていたはずなのだ。

危ない目にも遭わず、身内を案じて泣くこともなく。

「紅蜆」や蓑吉のような悪者だって、誰かに理不尽に命を奪われていいはずは、なかった。

相手は仇の悪党とはいえ、壺振りの余一は、その手を血で染めることもなかった。

自分も秀次も、貫三郎も、いつ仕掛けて来るか分からない敵の影に煩わされることなく、呑気に『恵比寿蕎麦』で笑っていた。

『三日月会』が、仕掛けて来さえしなければ――。

なあ、おかる。こうすんのが、一番間違《まちげ》ぇねぇよなあ。この野郎がどんなお偉方と繋がってるか分からねぇまんま、お上の手に委ねるんじゃあ、きっとまた元の木阿弥《もくあみ》だ。宇兵衛さんの御内儀さんは助けてやれなかった。もう、沢山だ。貫三郎や秀次、誰かを失くす前に、こうするのが一番間違ぇがねぇ。

――お前さん。お前さんったら。

おかるの声が聞こえた気がした。

糟屋の首に当てた匕首に力を込める。

糟屋の喉が、ひゅう、と鳴った。

「兄ちゃん、早まるな」

「兄ちゃん、刃物を収めてくださいっ」

秀次と貫三郎の悲鳴が重なった。

いきなり、大音声《だいおんじょう》が響いた。

「糟屋、その蕎麦屋は本気だ」

柳下だ。

「今のうち、洗いざらい話しちまえ。助かる手はそれしかねぇ」

銀太は、柳下を遮った。

「この旦那は、そんなたまじゃあ、ありやせんよ。このまま生かしておいちゃあ、あっしの大《で》ぇ事《じ》な弟達は、枕を高くして眠れねぇ」

柳下が異を唱える。

「そいつは、どうだろうな。こういう野郎はな、生きることへの執着は人一倍、って奴が多いんだ」

糟屋が、震える声で柳下に縋った。

「た、助かるのか」

ほら、言ったとおりだろう。そんな得意げな目で柳下は銀太を見た。

それから、糟屋に向けて言い放った。

「確かに、このまんま取っ捕まったら、今首搔っ切られなくても、いずれ詰め腹切らされる。けどよ、お前ぇさんだって、さんざ沙汰を出してきたろうが。罪一等を減じ、ってぇ奴だ。今までやらかしてきた悪事と、お前ぇさんに繋がるお偉方が誰なのかを洗いざらいぶちまけてくれりゃあ、命だけは助けてやるよ。そっから先は手前ぇの才覚で何とかしやがれ」

糟屋が、大きく喉を鳴らした。

唇を湿らせ、浅い息を繰り返す。

ふと、瞬きも忘れたようにこちらを見つめている野次馬に、視線をやる。

それからふいに、猫なで声を出した。

「なあ、柳下。後は奉行所へ戻って、ゆるりと話さぬか。無論、最早隠し立てはせぬ。命を助けてくれるのだからな。貴殿も、及川達も、悪いようにはせぬ」

この期に及んで、柳下を懐柔できると思っているらしい。銀太は、僅《わず》かしかこの美丈夫の与力のことを知らないが、それでも、糟屋の策が通じる相手ではないことくらいは分かる。

こいつの「ぼんくら」振りは、仮の姿ではなく、実は本性じゃあねぇのか。

銀太は呆れながら、糟屋の手を取って後ろ手に捻《ひね》り上げ、その首へ匕首を強く押し当てた。

「柳下の旦那。やっぱりこの野郎の首、ここで落としちまっていいですかい」

銀太の言葉に、柳下が笑った。

「だとよ、糟屋の旦那」

わあ、と糟屋が悲鳴を上げた。

「分かった。分かったから。今ここで全て話す。だからその匕首、一寸たりとも動かすでないっ」

そうして、糟屋は口に油でも塗ったかのように、柳下や銀太が促す暇もなく、『三日月会』の全てを話し始めた。

＊

『三日月会』は、そもそも糟屋のしくじりから始まったのだという。

同心の話を助役に纏めさせ、吟味もそこそこに沙汰を下した。

その後で、別の吟味方与力が、糟屋の沙汰は誤りだ、佐渡へ流した男は濡れ衣であったと調べ上げた。

佐渡から男を呼び戻すことは、糟屋の頭に浮かばなかった。叱責やお役御免が恐ろしかったのではない。面倒だったのだ。

奉行所の要、番方与力や奉行に叱責を受けるのも鬱陶しい。佐渡から男を呼び戻す手配をし、また新たに同じ一件の探索、吟味を初めからやらなければならないのも、骨が折れる。

間違えて佐渡へ流した男とその身内に恨まれるのも、うんざりだった。

そして、楽な役目のこなし方――同心と配下の助役与力がまとめたもので形ばかりの吟味を行い、沙汰を下す――を変えたくない。

考えただけで、何もかもが面倒だったのだ。

そこで、糟屋は番方与力のひとりに助けを求めた。

った時、ほんの偶々知りえた番方与力の弱みを使って。

真実を調べ上げた真面目一辺倒の同輩与力は、すぐさまお役御免になり、佐渡へ流された男の無実も闇に葬られた。

驚くほど、容易くことが収まった。

この手を使えば、面倒なことの大概は、あっさり片付くのではないか。

以来、糟屋は、人の弱みを集めることに夢中になった。ところが弱みのない者もいる。

その時は、弱みをでっち上げた。弱みを探すよりも容易いことだった。

不思議と、その悪巧みは面倒に感じなかった。

とはいえ、弱みを握れば、恨みを買い、仕返しを企まれることもある。

その時の為に、更に力を持つ者の弱みを握り、後ろ盾になってもらうことでしのいだ。そうなると、きりがない。

自分を守るために人を陥れ、陥れた人から身を守るために、新たな罠に別の者を嵌める。

そうこうしているうちに、偶々出会った腹黒商人を、ほんの暇つぶしに、同じ手を使って助けてやった。

その商人はことのほか喜び、糟屋の懐は潤った。

自分を守るためにやっていることの片手間で、与力の扶持《ふち》よりも多い金子が手に入る手軽さが気に入り、「客にとって邪魔な敵を退ける」、いわば裏の商いを始めた。

糟屋は、面倒が嫌いなのだ。

けれどすぐに、ひとりでは手に余るようになった。人を集め、隠し事を探り、蜘蛛《くも》の巣のように罠の網を張り巡らせた。

動くほどに、糟屋の許には、大勢の腹黒商人、悪事の玄人《くろうと》、探索が得手の闇の連中が集い、『三日月会』が出来上がっていった。

糟屋は、出店をつくって腹黒商人の中でも小物の連中を集め、糟屋が頭目であることを悟られぬようにした。

大物の商人と悪人は糟屋自らの配下に置いて、出店を束ね、小物の商人達が勝手をしてしくじらないよう、監視する役を負わせた。

一方で厳しい取り決めをし、連判状を認《したた》めさせた。「紅蜆」も蓑吉も、そのうちのひとりだ。

闇の連中は「探索方」として、配下にも知らせずに動かした。

「仲間の証、世の中を裏から操れる力の証」だと言って出店や配下の商人達に象牙の根付を持たせたのは、根付を目印に、「探索方」に見張らせるためだ。そうしなければ見落としてしまう程、『三日月会』は膨れ上がっていた。

奴らは、見張られているとも知らず、得意げに根付を帯に提げて歩いた。

そうして糟屋を頭目に置いた『三日月会』は大きくなり、奉行所や公儀の役人に対しても、大きな力を持つようになった。

ある日、ふと糟屋は気づいた。

いつの間に、自分はこんな面倒なことをするようになったのだろう。

面倒事を避けるために始めたことだった筈だ。

丁度その時、「紅蜆」と蓑吉が裏切った。配下の商人の八分以上が寝返り、「紅蜆」と蓑吉に付いた。

糟屋は、心の底から苛立った。

「紅蜆」と蓑吉は、もう使えない。早々に消してしまうのが面倒がない。

配下の商人達は、ひとり見せしめに消せば、大人しくなるだろう。さて、誰に白羽の矢を立てるか。

思案をしていた矢先、『菊池屋』に連判状を盗まれた。

糟屋が目を掛けていた男が、裏切った。

内儀を誘拐かし、命を奪い、これ以上身内を失くしたくなければ連判状を返せと脅した。

それでも『菊池屋』の主は応じず、罠にかけて消してしまうことにしたが、柳下に横から攫われた。

ようやく糟屋は合点がいった。

いくら目を掛けていたほどの男とはいえ、連判状をなぜ持ち出せたのか。

柳下が陰で糸を引き、『菊池屋』を助けていたのだ。

その柳下は、『菊池屋』に江戸払いという甘い沙汰を下し、糟屋から逃がした後で店も蔵も封じた。連判状を奉行所へ持ち帰ってくれれば、どうとでももみ消せると踏んでいたが、柳下は糟屋の目論見を見抜いていた。

柳下は、待っている。

糟屋自らが動き、墓穴を掘ることを。

それならば、柳下を出し抜いてやればいい。

奴が張った罠を逆手にとって、連判状を取り戻す。

＊

「後は、おぬしらが見聞きした通りよ」

糟屋は放るように締めくくってから、癇性《かんしょう》な笑いを零した。

「柳下だけでさえ面倒であったのに、蕎麦屋の兄弟がまたちょろちょろと動き出しおった。義賊の錠前破りの噂を立て、いざという時、及川を手駒に使うために丁度良いと引き入れていた、役立たずの兄を取り返しおった。まったく、大人しく不味い蕎麦だけつくっておればいいものを」

銀太は首を傾げた。

秀次と貫三郎もちらりと目を見交わしている。

はっとして、柳下を見ると、いたずら小僧のような笑みをうっすらと浮かべている。

銀太の視線を受け流し、柳下は静まり返っている野次馬へ声を掛けた。

「聞いたかい」

野次馬は、暫く心許なげな顔を見交わしていたが、ぽつり、ぽつりと柳下の問いかけに頷く者が現れた。

柳下がもう一押しする。

「そん中に、読売屋はいるんだろう。どうだい、いい読売が書けるんじゃねぇのか」

その問いかけに、四人ほどの男が、目が覚めたという顔をした。

ひとりが、そろりと柳下に問いかける。

「こいつを、その、書いてもよろしいんで」

「そのために、お前さんたち向けの餌を撒いたんだからよ」

「その、いざ書いたらお咎めを受ける、なんてぇことは」

「まあ、幕閣《ばっかく》のお偉方を出しちゃあ、ちっと拙いが、北町奉行所だけの話に収めてくれるんなら、何もしねぇよ。お奉行とも話はついてる」

たちまち、読売屋達が目の色を変えた。

「こいつは、大ぇ変《てぇへん》だ」

「腕が鳴る」

「一番乗りは、おいらんとこが頂くぜ」

「おい、抜け駆けはなしだぞ」

口々に言いあいながら駆けだしかけた読売屋を、柳下が呼び止めた。

「それから、この蕎麦屋も俺も、錠前破りでもなきゃあ義賊でもねぇからな。義賊の噂は誰かがふざけて流した与太だし、『菊池屋』の錠前は、破るも糞もねぇ。俺が主から預かってた鍵を使っただけだ。くれぐれも、妙なことは書くなよ」

「分かってやすよぉ」

「恩に着やすぜ、八丁堀の旦那」

威勢よく応じながら、読売屋達は闇の中へ消えていった。

他の野次馬達も、つられるように走り出す。恐らく、女房や長屋の店子《たなこ》仲間を叩き起こして、読売屋よりも早く、今見聞きしたことを伝えようと思い立ったのだろう。

静けさが戻っても、銀太は糟屋の首に匕首を当てたまま動かなかった。

柳下が、ふ、と肩の力を抜いてから、闇に視線を送った。

現れたのは、捕り物を指図していた与力だ。

柳下からの命を待たず、与力はてきぱきと指図をした。秀次と貫三郎に迫っていた役人は捕えられ、糟屋が銀太から引き離される。

へなへなと腰を抜かした糟屋が引き立てられても、銀太は、糟屋の首筋に匕首を当てた格好のまま、動かなかった。

「やれやれ」

柳下が、ぼやきながら軽い足取りで銀太へ近づいてきた。

銀太の手から匕首をそっと取り上げる。

そこでようやく、自分の拳が、酷く強張っていることに銀太は気づいた。

どっと、冷や汗が体中から噴き出した。

その場に座り込みそうになるのを、銀太はようやく堪えた。

かたかたと震え出した右の拳を、左の掌で抑える。

笑いを含んだ声で、柳下は銀太を宥めた。

「慣れねぇことを、するもんじゃねぇよ。その手は旨いもんをつくる手だ。物騒な匕首を使う手じゃねぇだろうが」

のろのろと柳下を見遣ると、鯔背な吟味方与力はにやりと笑って、銀太の肩を二度、軽く叩いた。

「まあ、助かったけどな。お前さんが無茶な真似をしなきゃあ、もうちっと厄介だったかもしれねぇ」

「へ、へぇ」

本当は、詫びも礼も、言いたかった。

けれど、口の中がからからに乾いていて、まともな言葉は紡《つむ》げそうになかった。

銀太の掠れた声を聞いて、貫三郎と秀次が我に返った。

わっと、二人争うように、銀太に駆け寄る。

二人とも、涙で顔をぐしゃぐしゃにしている。

秀次が、銀太の肩口を拳で幾度も小突きながら、まくし立てた。

「兄ちゃん、この、ひっく、ばかやろ、えぐっ、ひ、ひとごろし、なんてっ。ただでさえ、がきのおいらを抱えて、苦労してきたってのに、その上、ひ、ひひひ、ひとごろしなんてぇ――」

「悪いな、秀次」

貫三郎は、まだ微かに震えが残る銀太の拳を両の手で包み込み、訴えた。

「兄ちゃんこそ、無茶はほどほどにしてください。兄ちゃんの吟味なんて、俺は金輪《こんりん》際《ざい》、しませんからね。俺や秀ちゃんを思うなら、こんな無茶、二度と止めて下さい。いいですね」

珍しい説教口調も、鼻を啜りながらでは、どうにも神妙になり切れない。

銀太は、必死で笑いを堪えながら告げた。

「分かった。もうしない。二人に約束する」

酷くざらつき、もたついた言葉だったが、秀次と貫三郎は、一斉においおいと泣き出した。

泣きながら、秀次と貫三郎はいつもの言い合いを始めた。

「お前ぇ、泣かないんじゃなかったのかよ」

「仕方ないだろ。すごく心配したんだから」

「泣いちまったもんは、仕方ねぇ。いっそのこと、もう小母さん、爺ちゃん婆ちゃんに顔見せてやれよ。どうせまた泣いちまうんだから」

「うるさいなっ。その話は俺と秀ちゃんだけの、内緒の話だったはずだぞ」

銀太と柳下は、顔を見合わせて、そっと笑いあった。

結び

『菊池屋』での「三日月小僧」騒動から、半月が経った。

読売屋は、奉行所のお墨付きをもらったと、こぞってあの夜の一部始終を書き立てた。更に、自分たちで調べ上げた『三日月会』の所業は勿論、糟屋がいかにぼんくらを装っていたか、更には、『三日月会』から抜けようとした侍と、それを助けた役者の話までもひっぱってきたのには、銀太達も驚いた。

読売に載ったせいで、『恵比寿蕎麦』は客でごった返すようになった。

それも、四日も経てば元の通りの閑古鳥と、賑やかな常連客が居座る店に戻った。

秀次が、

「忙しすぎるのは、御免だ」

と逃げ出したからだ。

蕎麦は銀太が茹でるしかないし、一人残された銀太は大忙しで、まともな菜を勧める暇も、つくる暇もなく、おかる好みの蕎麦を出すよりなかった。

かくして、『恵比寿蕎麦』は、「『三日月小僧騒動』で快刀乱麻の働きをした男前の主がいる蕎麦屋」から、「蕎麦のまずい蕎麦屋」へ、瞬く間に戻ったという訳だ。

今日も暑い。

店にいるのは、銀太の他に、がらんとした店をせいせいした顔で眺めまわす秀次に、鯔背な着流しの柳下と、その傍らには嬉しそうな貫三郎。

仙雀と緋名も顔を揃えている。

これは、柳下が「『三日月会騒動』の裁きを全て終えたから、その顚末《てんまつ》を知らせておく」と言ったからだ。

柳下の許しを得て、銀太が仙雀と緋名を呼んだ。二人は『三日月会』の企みに巻き込まれ、身内ともいうべき大切な者が危ない目に遭ったのだから、どう収まったのか、話を聞いても罰《ばち》は当たらない筈だ。

小上がりと、土間を使って、車座よろしく皆が向き合う。小上がりには、柳下と貫三郎、仙雀が収まった。緋名は、いつもの席を譲り、銀太、秀次と共に土間にいる。

普段は勝手口にいる大福は、入り口の隅で丸まっている。

まずは、柳下がおどけた調子で口火を切った。

「大忙しだって聞いてたが、あっという間に閑古鳥が戻ってきちまったなあ」

銀太はむっつりと、言い返した。

「今日は皆さんが集まりやすから、最初《はな》から店を閉めてるんでさ。暖簾、仕舞ってありやすでしょう」

すかさず、秀次が茶々を入れる。

「暖簾なんざ、出てても出てなくても、大して変わらねぇじゃねぇかよ。旦那、兄ちゃんの茹で過ぎた蕎麦のせいで、あっという間にこの様《ざま》でさ」

ここで口を挟んだのは、貫三郎だ。

「それは、秀ちゃんが忙しいのが嫌で、逃げたせいじゃないか」

「なんだよ、貫三郎。兄ちゃんの蕎麦のせいじゃねぇってのか。だったら、お前ぇが兄ちゃんの茹でた蕎麦、食ってみろよ」

「そ、それは――」

銀太が、貫三郎を質した。

「おい、貫三郎。どうしてそこで口ごもる」

緋名までが、笑いをにじませながら遣り取りに加わった。

「食べ慣れれば、あれはあれで、おつなものだぞ」

「姐さん。褒められてる気がしやせん」

銀太がぼやいたところで、仙雀が、ほほ、と品のいい笑い声を立てた。

「みんな、仲がいいねぇ。柳下の旦那も、ずっと昔から、このじゃれ合いに混ざっているみたいでござんすよ」

秀次が、小上がりの仙雀へ身を乗り出した。

「まったく、兄ちゃんの奴、いつの間にか旦那と仲良しになりやがって、こっちは、旦那が怪しいって思い込んでたもんだから、てっきり丸め込まれちまったのかと、肝を冷やしやしたよ」

「秀ちゃん」

「おい、秀」

調子に乗って、柳下を怪しんでいたなぞと、当人を目の前にして口にした秀次を、貫三郎と銀太で窘める。

柳下が、快活に笑った。

「構わねぇよ。てめぇで言うのも何だが、かなり怪しかったからな」

秀次が首を竦めて、こいつはどうも、と頭を下げた。

貫三郎が居住まいを正し、丁寧に詫びる。

「その節は、ご無礼をいたし申し訳ありませんでした」

柳下は、ひらひらと掌を振って、貫三郎を止める。

「及川、お前ぇ、一体幾度、俺に詫びりゃあ気が済むんだい」

貫三郎が、恐縮したように「はあ、すみません」と応じた。

柳下は呆れ顔で笑ってから、さて、と切り出した。

「御隠居と、錠前屋は、『三日月小僧』騒動の経緯は、承知かい」

仙雀が、緋名に頷きかける。心得たように、緋名が「おおまかなところは」と答えた。

柳下が頷く。

「それじゃあ、一番知りてぇのは、糟屋がどうなったか、だな。これから枕を高くして眠れるかどうかが掛かってる」

誰にともなく呟いてから、柳下はあっさりと打ち明けた。

「奴は、浪人として佐渡《さど》へ流される」

「遠島《えんとう》、ですか」

銀太が応じると、秀次が口を尖らせた。弟の不服気な顔を見て、柳下が苦笑を零した。

「命だけは助けてやるってぇ約束で、口を割らせたからな。心配すんな、すぐに送り出す。余計な奴らと悪巧みをされちゃあたまらねえからな。それに佐渡は、三宅島《みやけじま》なんかと違って、厳しいとこだ。奴を見張る手はずも、念入りにつけてある。二度と佐渡から出られねぇ」

緋名が、ほっとした顔で頷いた。

貫三郎が、言葉を添える。

「糟屋様の口から、幕閣の要職に就く方々の名が随分と出てきました。目付様とお奉行が諮《はか》って、性質の悪い方々を除き、此度《こたび》は釘を刺すほどで止めておくということになったのですが、その方々へ睨みを利かせておくためには、糟屋様には生きていて頂いた方が、都合がいいんです。諸々の悪事の生き証人ですから」

すっかり、与力の顔つきだな。

銀太は、込み入った気持ちで、貫三郎の凜々しい顔を眺めた。

糟屋への温情からではなく、政《まつりごと》として、糟屋は「生きていた方が、都合がいい」と評した。

「何だ、蕎麦屋。不服そうだな」

すかさず、柳下にからかわれた。

銀太が誤魔化す前に、更に柳下に窘められる。

「糟屋の首を掻っ切ろうとした奴に、及川も言われたかねぇと思うぜ」

心裡を見透かされ、ぎょっとする。柳下は涼しい顔だ。

「及川は、腹を立ててんだよ。大ぇ事な『兄ちゃん』をあそこまで追い詰めちまった、糟屋にな」

驚いて貫三郎を見遣ると、貫三郎は頬を膨らませて「当たり前です」と、開き直った。

柳下は、かか、と笑ってから話を変えた。

「兄御はどうしてる」

貫三郎の顔は、凪いでいる。

「兄は、前よりも一層、勉学に励んでおります。『こんな自分でも、何かできることがあるやもしれぬ。それを探すためには、学ばねば』と仰せになって」

柳下が頷くと、秀次が、ぽん、と膝を打った。

「御隠居さん、ひばりさん、中ざらえにゃあ、間に合いやしたかい」

仙雀は、参った、という風に肩を落とした。

「あれから稽古づめで遅れた分をどうにか取り戻して、なんとかね。まったく、年寄りがこき使われちまったよ」

ふ、と、満足げに笑って言い添える。

「仙之介様を間近に拝見し、騒動を乗り越えたおかげで、いい具合に腹が据わるようになってね。芝居が良くなったってぇ座頭に褒められたそうだよ。次の一年も、どうにか本櫓で演れそうさ」

秀次が笑った。

「そいつは、よかった」

柳下が、じろりと秀次を睨んだ。

「よかった、じゃねぇよ、秀次。俺が仙之介とひばりをまとめて匿うつもりで後をつけてたのに、横から掻っ攫いやがって」

秀次は、首を竦めてへへ、と笑った。

「面目ねぇ」

銀太は、ふと思いついて訊ねた。

「なんだって、仙之介さんだったたんでござぇやしょう。たまたま、ひばりさんと行き会ったにしちゃあ、ひばりさんは随分と、仙之介さんをご心配なすっていたようだ」

仙雀が、ほほ、と笑った。

「そこが、あの子の馬鹿なところでね。あたしの名と『仙』の字繋がりだと思うと、ほっとけなかったんだそうだ」

静かな間が、空いた。

ぷ、と噴き出したのは、貫三郎だ。

げらげらと秀次が腹を抱えて笑う。

柳下が、

「たしかに、馬鹿な弟子だなあ」

と、からかう。

「まったくですよ」

とは、呆れ口調の仙雀。

一斉に上がった笑い声に、大福が顔を上げてこちらを見た。

ああ、まったく、この店は客は少ないのに、賑やかだ。

銀太は、こっそりと饅頭根付へ手をやった。

なあ、おかる。

お前ぇがいたら、もっと賑やかだったろうになぁ。

——馬鹿だね。あたしはいつでも、ここにいるよ。

女房のいたずらな声がしたような気がして、銀太はそっと笑った。

（了）

本書は文庫書下ろしです。

|著者|田牧大和　1966年、東京都生まれ。2007年「色には出でじ　風に牽牛《あさがお》」(『花合せ　濱次お役者双六』に改題)で全選考委員からの絶賛を受け、第2回小説現代長編新人賞を受賞、作家デビューする。デビュー作に端を発する「濱次お役者双六」シリーズ、「錠前破り、銀太」シリーズ(以上、講談社文庫)、「鯖猫《さばねこ》長屋ふしぎ草紙」シリーズ(PHP文芸文庫)など著書多数。いま、最も注目を集める女流時代小説作家の一人である。

錠前破《じょうまえやぶ》り、銀太《ぎんた》 首魁《しゅかい》

田牧大和《たまきやまと》

講談社文庫

定価はカバーに
表示してあります

2018年12月14日第1刷発行

発行者——渡瀬昌彦
発行所——株式会社　講談社
東京都文京区音羽2-12-21　〒112-8001
電話　出版　(03) 5395-3510
　　　販売　(03) 5395-5817
　　　業務　(03) 5395-3615

Printed in Japan

デザイン—菊地信義
本文データ制作—講談社デジタル製作
印刷———豊国印刷株式会社
製本———株式会社国宝社

ISBN978-4-06-514024-6

講談社文庫刊行の辞

二十一世紀の到来を目睫に望みながら、われわれはいま、人類史上かつて例を見ない巨大な転換期をむかえようとしている。

世界も、日本も、激動の予兆に対する期待とおののきを内に蔵して、未知の時代に歩み入ろうとしている。このときにあたり、創業の人野間清治の「ナショナル・エデュケイター」への志を現代に甦らせようと意図して、われわれはここに古今の文芸作品はいうまでもなく、ひろく人文・社会・自然の諸科学から東西の名著を網羅する、新しい綜合文庫の発刊を決意した。

激動の転換期はまた断絶の時代である。われわれは戦後二十五年間の出版文化のありかたへの深い反省をこめて、この断絶の時代にあえて人間的な持続を求めようとする。いたずらに浮薄な商業主義のあだ花を追い求めることなく、長期にわたって良書に生命をあたえようとつとめるところにしか、今後の出版文化の真の繁栄はあり得ないと信じるからである。

同時にわれわれはこの綜合文庫の刊行を通じて、人文・社会・自然の諸科学が、結局人間の学にほかならないことを立証しようと願っている。かつて知識とは、「汝自身を知る」ことにつきていた。現代社会の瑣末な情報の氾濫のなかから、力強い知識の源泉を掘り起し、技術文明のただなかに、生きた人間の姿を復活させること。それこそわれわれの切なる希求である。

われわれは権威に盲従せず、俗流に媚びることなく、渾然一体となって日本の「草の根」をかたちづくる若く新しい世代の人々に、心をこめてこの新しい綜合文庫をおくり届けたい。それは知識の泉であるとともに感受性のふるさとであり、もっとも有機的に組織され、社会に開かれた万人のための大学をめざしている。大方の支援と協力を衷心より切望してやまない。

一九七一年七月

野間省一

講談社文庫 目録

高嶋哲夫 命の遺伝子
高嶋哲夫 首都感染
たかのてるこ 淀川でバタフライ
高野秀行 西南シルクロードは密林に消える
高野秀行 怪獣記
高野秀行 アジア未知動物紀行〈ベトナム・奄美・アフガニスタン〉
高野秀行 イスラム飲酒紀行
高野秀行 移民の宴〈日本に移り住んだ外国人の不思議な食生活〉
高野秀行 角幡唯介 地図のない場所で眠りたい
田牧大和 花合せ〈濱次お役者双六〉
田牧大和 質草破り〈濱次お役者双六 二ます目〉
田牧大和 翔ぶ梅〈濱次お役者双六 三ます目〉
田牧大和 半可心中〈濱次お役者双六〉
田牧大和 長屋狂言〈濱次お役者双六〉
田牧大和 身をつくし〈清四郎よろづ屋始末〉
田牧大和 錠前破り、銀太
田牧大和 錠前破り、銀太 紅蜆《べにしじみ》
田丸公美子 シモネッタの本能三昧イタリア紀行
田丸公美子 シモネッタのどこまでいっても男と女

竹内明 秘匿捜査〈警視庁公安部スパイハンターの真実〉
高殿円 カーリー〈I. 黄金の尖塔の国とあひると小公女〉
高殿円 カーリー〈II. 二十一発の祝砲とプリンセスの休日〉
高殿円 カーリー〈III. 孵《ふか》化する恋と帝国の終焉〉
高殿円 メサイア〈警備局特別公安五係〉
田中慎弥 犬と鴉
高野史緒 カント・アンジェリコ
高野史緒 カラマーゾフの妹
瀧本哲史 僕は君たちに武器を配りたい〈エッセンシャル版〉
竹吉優輔 襲名犯
竹吉優輔 レミングスの夏
高田大介 図書館の魔女 第一巻 第二巻
高田大介 図書館の魔女 第三巻 第四巻
高田大介 図書館の魔女 烏《からす》の伝言《つてこと》 (上)(下)
大門剛明 反撃のスイッチ《オーバードライブ》
橘もも OVER DRIVE
橘もも 沖田×華 原作 安達奈緒子 脚本 小説 透明なゆりかご (上)(下)
陳舜臣 中国五千年 (上)(下)
陳舜臣 中国の歴史 全七冊

陳舜臣 中国の歴史 近・現代篇 (一)(二)
陳舜臣 小説十八史略 全六冊
陳舜臣 新装版 阿片戦争 全四冊
陳舜臣 琉球の風 (上)(下)〈レジェンド歴史時代小説〉
千早茜 森の家
千野隆司 大店の暖簾《のれん》〈下り酒一番〉
知野《ちの》みさき 江戸は浅草
筒井康隆 創作の極意と掟
筒井康隆 読書の極意と掟
筒井康隆 ほか12名 名探偵登場!
津島佑子 黄金の夢の歌
津村節子 遍路みち
津村節子 三陸の海
津本陽 真田忍俠記 (上)(下)
津本陽 本能寺の変
津本陽 武蔵と五輪書
津本陽 幕末御用盗
土屋賢二 純粋ツチヤ批判
塚本青史 呂后

2018年9月15日現在